悪役令嬢なのでラスボスを飼ってみました7

永瀬さらさ

21978

角川ビーンズ文庫

悪役令嬢なのでラスボスを飼ってみました 7

CONTENTS

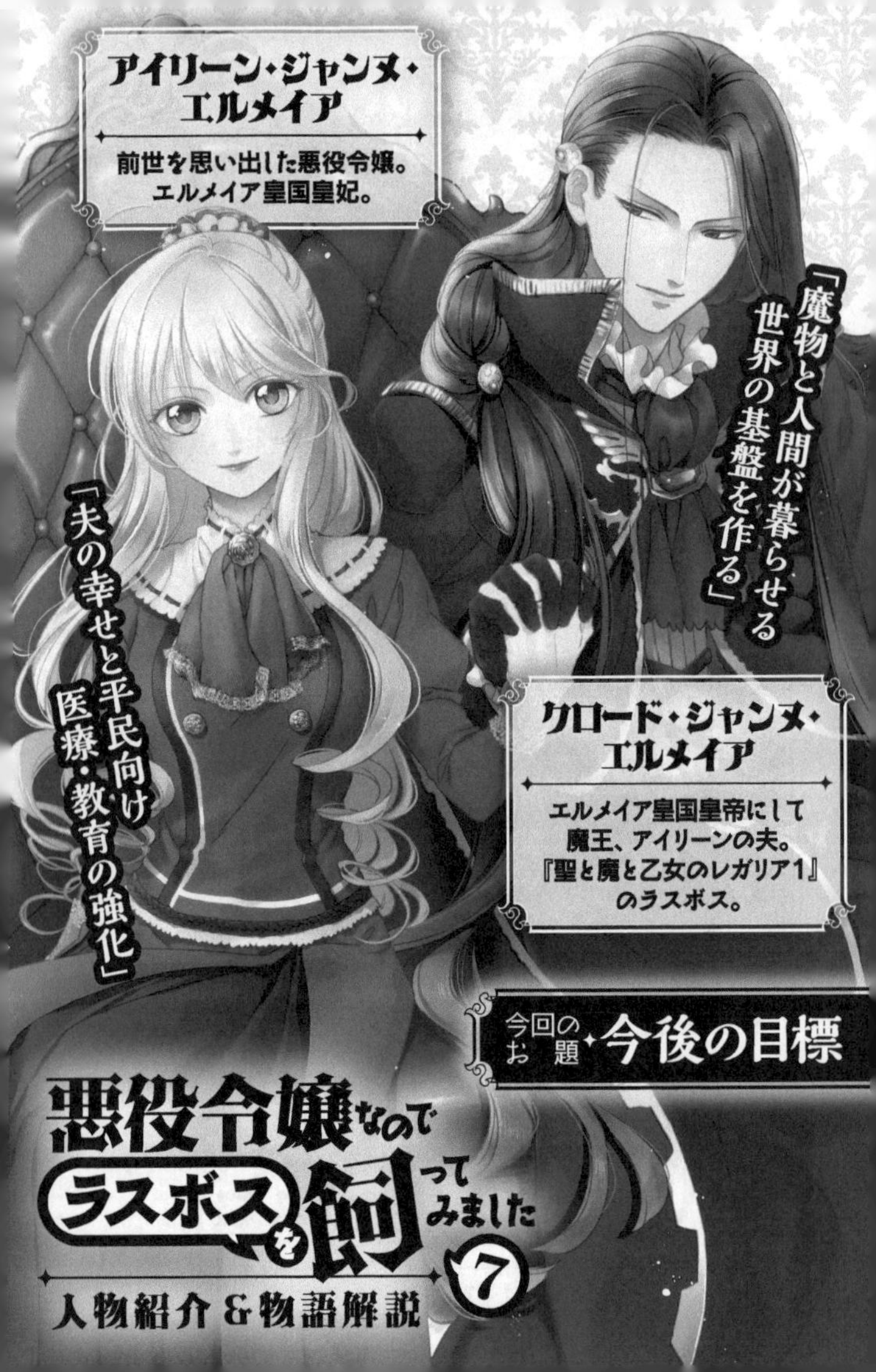
アイリーン・ジャンヌ・エルメイア
前世を思い出した悪役令嬢。エルメイア皇国皇妃。
「魔物と人間が暮らせる世界の基盤を作る」
「夫の幸せと平民向け医療・教育の強化」
クロード・ジャンヌ・エルメイア
エルメイア皇国皇帝にして魔王、アイリーンの夫。『聖と魔と乙女のレガリア1』のラスボス。
今回のお題・今後の目標
悪役令嬢なのでラスボスを飼ってみました
7
人物紹介&物語解説

これまでの物語

婚約破棄され前世の記憶が甦り、乙女ゲーム世界へ転生したと自覚した令嬢アイリーン。悪役令嬢な自分が破滅ルート回避するため、ラスボス・クロードを恋愛的に攻略することに！　紆余曲折のすえ、クロードはエルメイア皇国の皇帝に、アイリーンは皇妃になる。――これは悪役令嬢がゲームのストーリーにはないハッピーエンドを掴むべく、立ちはだかるラスボスたちを攻略しつつ、奮闘する物語である。

クロードの従者

キース・エイグリッド
「次世代への引継ぎ」

ベルゼビュート
「魔王軍の強化」

アーモンド
「空軍、巨大化！」

アイリーンの侍女

レイチェル・ダニス
「仕事と家庭の両立」

セレナ・ジルベール
「名前を残す仕事をする」

アイリーンの下僕

ジャスパー・バリエ

「国外情報の報道迅速化」

アイザック・ロンバール

「魔物の仕事斡旋を運営・収益化」

ドニ

「空中宮殿建設」

リュック

「医師免許取得と病院設立」

クォーツ

「海外留学と学校設立」

ゼームス・シャルル

「魔界研究と調整」

オーギュスト・ツェルム

「聖騎士団長！」

ウォルト・リザニス

「魔香を国からなくす」

カイル・エルフォード

「名もなき司祭の救助」

エレファス・レヴィ

「魔石・聖石技術開発で故郷復興」

クロードとアイリーンの義弟妹

リリア・レインワーズ

「ないなら作る、続編」

セドリック・ジャンヌ・エルメイア

「レースでブランドを持つ」

アシュメイル王国

バアル・シャー・アシュメイル

「世界連合を作る」

ロクサネ・フスカ

「各国の歴史研究・分析」

アレス・アミール・アシュメイル

「専守防衛の軍事学校設立」

サーラ

「お医者さん」

ハウゼル女王国

アメリア・ダルク

「もう一度グレイスの妹になる」

魔界

ルシェル

「みんなを見守る神」

グレイス・ダルク

「もう一度アメリアの姉になる」

本文イラスト／紫　真依

第一幕

◆アイザック・ロンバール◆

くじというものは運命に似ている。

「わたくしとペアになるのはあなたね」

差し出された白いくじに7という番号が書いてある。そしてアイザックにも、同じ7の番号がふられたくじがあった。

うわあ、という感情を押し殺しているせいで自分はずいぶん気難しい顔になっているだろう。だが相手はまったく気にした様子はなく、あちらの席で課題に取り掛《か》かりましょうと、さっさと踵《きびす》を返す。

(アイリーン・ローレン・ドートリシュか、面倒《めんどう》なのにあたった)

セドリック・ジャンヌ・エルメイア皇太子の婚約者《こんやく》。いずれこの国の皇妃《こうひ》になる女だ。

この状況《じょうきょう》を知れば父親たちからは「お近づきになれ！　そのためにお前をバカ高い学費がかかる貴族の学校に入れてるんだ！」と言われるところだろうが、アイザックにその気はない。

アイザックの見立てでは、皇族は見た目ほど裕福《ゆうふく》ではないはずだ。皇室相手に商売をするより諸外国との貿易に力を入れたほうがいい。だがアイザックは伯爵《はくしゃく》家の三男なので、買った爵《しゃく》位《い》も会社も兄が継《つ》ぐ。出番はない。となるとアイザックの役目は、貴族の一員らしくどこぞの由緒《ゆいしょ》正しきご令嬢《れいじょう》のもとへ婿《むこ》入りしてロンバール伯爵家の地位を押し上げるくらいしかないのである。

「課題は『我が国における貿易赤字への対策案を提示せよ』ね。何か意見はあって？」

まずお前が熱を上げてるあの皇太子様とその一派の再教育、と言いかけた。背後でそのセドリックが「まずは貨幣《かへい》を多く製造し、一定所得以下の民《たみ》に補助金として交付し、経済を」とかなんとか演説しているせいだ。

（でもあれで皇太子として結構優秀《ゆうしゅう》って話だよな？　そうは見えねーけど）

「ちょっとあなた――アイザック・ロンバール。聞いているの？」

強い声に、意識が引き戻《もど》された。ああ、と曖昧《あいまい》な相槌《あいづち》を返しておざなりに答える。

「錬金術師《れんきんじゅつし》さがして金《きん》作ってもらって、赤字補塡《ほてん》したらいいんじゃねーの」

「まず錬金術師をさがすことから不可能そうだけれど、仮に可能だったとして、増税と変わらない政策には賛同しかねるわ」

淡々《たんたん》とした回答にぱちりとアイザックはまばたきした。

（……こいつ）

ドートリシュ宰相《さいしょう》の娘《むすめ》。確か兄達も優秀だと聞いている。その影響《えいきょう》か。

初めて目の前に座る相手――アイリーン・ローレン・ドートリシュを、真正面から見た。

「……じゃあシンプルに赤字を税収でまかなうってのは？」

「根本的解決にならないわ。投資のための借金ならまだしも――エルメイア皇国は戦争には強いけれど、商売に弱いのよ。せっかく結んだ交易も、買うばかりで売れないのだもの」

「……紅茶の習慣はこっちにもあっという間に根付いたからな」

「そうね。茶葉を買うばかりでこちらの綿織物が売れないのが痛いわ。でもこの国は広い。何かあるはずだと思うの。たとえばあちらにはない文化とか」

「大雑把《おおざっぱ》すぎだ。具体案になってない」

批判めいた口調で切り捨ててから焦《あせ》った。傲慢《ごうまん》できつい性格だという噂《うわさ》だ。キレて皇太子にでも告げ口されたら面倒だと咄嗟《とっさ》に思ったのだ。

だがアイリーンは、眉根《まゆね》をよせて頷《うなず》いた。

「そうなのよ。お兄様たちにもそう言われてるわ」

「……」

「あと、諸外国の文化に対する勉強がまだ進んでいなくて。実際、この国以外でも受け入れられる、この国特有のものがあるはずだと思うのだけど」

「……技術、だ」

気づいたら本音をアイザックは口にしていた。

「戦争で強いだけあってこの国はいろんな技術を持ってる。軍事機密だって出し惜《お》しみするんじゃなく、それをいかすんだ」

「武器を売れということ？」

「違《ちが》う。技術をいかして庶民《しょみん》よりの物を開発するんだ。たとえば通信、鉄道。他《ほか》にも色々あるだろ。庶民に普及《ふきゅう》させれば、必ず生活必需品《ひつじゅ》や新しい文化が出てくる。誰《だれ》よりも先にそれを取って、輸出する。造船技術だってあがれば、海を越《こ》えた国にも商売ができる」

アイザックの話にアイリーンは目を丸くした。

「夢みたいな話ね」

「でもそれをやるのが国の仕事だ。何年も先を見据《みす》えて」

「……そうね」

長い睫《まつげ》を伏《ふ》せるように、アイリーンがうつむいた。その顔からふとアイザックは思う。

目の前のこの女はいずれ、皇妃になる。夢みたいな話を実現させる側の女なのだ。

そして、この女はちゃんと自覚している。

俄然《がぜん》、興味がわいた。

（ひょっとしてセドリック皇太子の功績ってほぼこの女がやってるんじゃないか？）

課題をまとめている間に、そんな疑問がわいた。

調べればすぐ、答えはわかった。

「お前さあ、もうちょっと立ち回り考えろよ」

「どういうこと？」

課題のあと、何かと話す機会が多くなったアイザックはある日、ひとり木陰《こかげ》で昼食をとっているアイリーンに声をかけた。

「学園祭の出し物とかさ。勝手に変えちまって」

「あれじゃ間に合わないでしょう。学園祭には皇帝《こうてい》陛下もお忍《しの》びでいらっしゃるのよ」

「げ、マジか。……まさかそれで、成功させなきゃいけないってやつなのか」

彼女は肯定《こうてい》しない。けれど、つぶやくようにアイザックには教えてくれる。

「セドリック様は優《やさ》しいから、皆《みな》が頑張《がんば》ってるのに『これは無理だ』なんて言い出せないでしょう。だからわたくしが言ったの。それだけのことよ」

「……」

「大丈夫《だいじょうぶ》よ。セドリック様はわかってるって仰《おっしゃ》ってくださったわ」

本当にそうだろうか。

（お前、いいように利用されてるぞ）

そう言いたくなるのを、ぐっとこらえてアイザックは遠くを見る。

木陰から遠く離《はな》れた噴水《ふんすい》では、セドリックが友人達と何やら楽しそうに話していた。未来の騎《き》士《し》団長と言われているマークス・カウエルを含《ふく》めた、なかなか華々《はなばな》しい面子《メンツ》だ。きっとあれが未来の国政を担《にな》う連中になるのだろう。

そして特に気になるのは隣《となり》にいる女生徒――リリア・レインワーズ男爵《だんしゃく》令嬢。

「……なら、いいけどよ。お前、アレ見てもそう言えんのか」

じゃれ合いのつもりなのか、セドリックの口にリリアがサンドイッチを運んでいる。その次にマークスに差し出し、マークスが真っ赤になって首を振《ふ》っていた。

「リリア様は庶民育ちだから、その目線が新鮮《しんせん》で勉強になるんですすって。マークスも、守るべき存在が身近に感じられて剣《けん》の稽古《けいこ》に身が入るって」

「……そりゃまあ、いいことだな」

あの男どもの貞操《ていそう》観念などどうでもいいが、アイザックはちらとベンチに腰《こし》かけたままの彼女を一瞥《いちべつ》する。

アイリーンは小さな声でつぶやいた。

「……なんでもないって、仰ってたわ」

「……そっか」

「わたくしは信じてるもの」

――信じるな、と喉《のど》から出かかった。

だまされてる。お前、知らないのか。お前があの皇太子のためにやったことを、皇太子自身がなんて言いふらしてるか。彼女には僕も困ってる、なんて。彼女は昔からああなんだ、僕からも言ってみるがひとまず我慢《がまん》してくれないか――そう言う裏でアイリーンに君のことはわかってるなんて甘い言葉で汚《きたな》い仕事だけを押しつけている。見事な二枚舌だ。

けれど、言えなかった。

それより、と切り替《か》えた彼女の強さと笑顔《えがお》がまぶしくて。

「ジャスパーと連絡《れんらく》はとってる？　わたくしが集めた人材、なかなかでしょう」

「あ、ああ。まあな」

「どう？　まとめ役、引き受けてくれる？　あなたがいたらこの事業、成功すると思うの！」

その成功も、きっとセドリックがかすめとっていく。

拳《こぶし》を握《にぎ》って、でもアイザックは笑みを浮《う》かべた。これくらいの腹芸は自分だってできる。

「いーぜ、やってやる。新薬事業、稼《かせ》ぎ甲斐《がい》がありそうだ」

「国のためも考えて頂戴《ちょうだい》、少しは」

「ガラじゃねぇし」

そうだ、ガラじゃない。

自分がかかわれば少しくらい、守ってやれるかもなんて。

ふと視線を感じて顔をあげると、セドリックがこちらを見ていた。気のせいかと思うほどほんの一瞬《いっしゅん》だけ、視線が交差した気がした——それはまるで、嫌悪《けんお》と執着《しゅうちゃく》の交差のように。

『アイリーン・ローレン・ドートリシュ。俺は君との婚約《こんやく》を破棄《はき》させてもらう』

——思い切り、テラスの縁《ふち》に拳をたたきつけた。つめていた息を吐《は》き出し、夜空を仰《あお》ぐ。

『俺に愛されているという君の勘違《かんちが》いにはもう、うんざりだ』

唇《くちびる》を噛《か》んだ。テラスとつながった会場は、皇太子の突然《とつぜん》の婚約破棄劇場にざわついている。

「そうなるよう仕向けたくせに、よく言う……っ！」

あの勝ち誇《ほこ》った顔、平然と糾弾《きゅうだん》する傲慢さ。たいした皇太子だ。笑えそうで笑えない。

（ああ、でも馬鹿《ばか》は俺だ）

気づいてた。こうなることだって予想はついた。だって誰よりもアイリーンの近くにいた。策を講じてやろうかと思ったこともあった。でもできなかったのだ。アイリーンが婚約者《セドリック》を好きだったから？　違う、そうじゃない。気づいてる。

講じたくなかったのだ。

「くっそ……なんで俺が泣きそうになってんだ、これ……」

──彼女は、泣かなかった。

最後まで凜《りん》と、背筋をのばして。みじめな顔ひとつ見せずに、優雅《ゆうが》に。

無礼講だと配られた果実酒を飲み干して、アイザックは冷たいテラスの縁に額を当てる。

（だめだ、怒《いか》りにまかせて動くな。相手は皇太子とカウエル公爵《こうしゃく》家。簡単に太刀《たち》打ちできる相手じゃない）

アイリーンのたちあげた事業は横取りされるだろう。第五層の面子はまず解雇《かいこ》される。顔合わせの際、一瞬だけあの皇太子が見せた侮蔑《ぶべつ》の表情がその証左だ。自分はどうだろうか。第五層出身ではないが、爵位《しゃくい》を買った貴族だ。頼《たの》みこめば残ることはできる──それは得策か、下策か。

あの男をやりこめてやるためには、どれが一番いい。

（……あっちはこっちをなめてる。アイリーンを馬鹿にするのと同じだ。だったら、馬鹿にされたままのほうがいい）

冷静に、冷静に、冷静になれ。

彼女は殺されたわけでもなんでもない。ただ傷つけられただけ。

「……ああ、でもほんとに、かわいげねーわ。あいつ」

泣いて、取り乱して、それこそ自分の腕《うで》にでもすがってくれたなら。

――そう心の片隅《かたすみ》で願って、策を講じなかった罪を今から償《つぐな》おう。

いつか彼女を泣かせるような、そんな男が現れる日まで。

◆魔王《まおう》様はご友人を所望《しょもう》する◆

おしゃれは公爵令嬢《こうしゃくれいじょう》の——いや全女性の楽しみである、と言ってもいいだろう。自分はもちろん、素材がいいものならなおさら楽しい。

さらに自分の婚約者なら、張り切りすぎて日が暮れるのはしょうがない。

「クロード様、これ。これも着てみてくださいな」

「まだ着るのか……」

「だってクロード様ったら何を着ても素敵《すてき》なんですもの！」

「どれだ」

「よえーな、魔王様」

「いいじゃないですか、仲良しで」

呆《あき》れるアイザックに微笑《ほほえ》ましくリュックが答える。他《ほか》にもアイリーンの号令で集まった面々が、部屋の隅《すみ》で仕事をしてこちらを眺《なが》めていた。クォーツがぼそりとつぶやく。

「……もう五時間だ。耐《た》えている魔王は偉《えら》い」

「魔王様って何着ても似合ってますよねーすごいですよね」

「ドニ、それは当然だ。我らが王なのだぞ」

「城も改装されたおかげで荷物入るようになりましたしね、私めも頑張らないと」

「そもそも魔王様、家具とか服とか、色々持ってなさすぎだよなぁ。オジサンでももう少し持ってるわ」

うきうきとアイリーンが差し出したひとそろえに、クロードはぱちんと指を鳴らす。着替《きが》えは魔《ま》法《ほう》で一瞬だ。

新調したクラヴァットがひらりと舞《ま》い、濃紺《のうこん》を基調に上下揃《そろ》えた盛装に変わる。自分の見立て、それ以上の見栄《みば》えにアイリーンはうっとりした。

「やっぱりこちらにしましょう。伝統的な形もよろしいですが、最先端《さいせんたん》の流行もおさえておきませんと！」

「そうか。ところで気が済んだらもうそろそろ」

「マント！　マントはどうしましょう。やはり皇太子たるもの、威厳《いげん》も必要ですわよね」

「……。さっき決めたのではなかったか……？」

「あら、中の色が変わりましたしまた選び直さないとだめですわ」

「……」

「クロード様、ファイト」

衣装だらけになった部屋の隅からキースが声援《せいえん》を送った。アイリーンはにこりと笑う。

「あら、クロード様が決まったら当然、皆《みな》も合わせますわよ」

まず余《よ》裕《ゆう》の笑みで答えたのはリュックだ。

「いいですね。俺たちは夜会出られないので関係ないですけど」

「やったーオジサンも出られないー」

「……。貴族でなくてよかった。アイザック、頑張《がんば》れ」

「俺は出ねーぞ、絶対夜会には出ねーから！」

「えー僕はいっぺん出てみたいけどな～！　お城の中とかどうなってるんだろ」

「普通《ふつう》だぞ、ドニ。俺はあの軍服というのが気に入っている」

「そうですわねえ……確かにベルゼビュートは軍服のままがいいかしら？　キース様はどうしましょう」

「私めは普通でいいんでお気になさらず！」

一歩引いたキースからアイリーンは再度クロードに向き直った。

「クロード様はイヤリングをしても似合いますわよね。瞳《ひとみ》と同じ赤にしましょうか。ふふ、これで乙女《おとめ》たちはクロード様にめろめろですわ……」

「君はそれでかまわないのか」

胡乱《うろん》気に尋《たず》ねたクロードにアイリーンは拳を握った。

「もちろんです！　皇太子として初めてお披露目《ひろめ》される夜会でしてよ。この！　顔を！　見せびらかさなくてどうするのです、クロード様！」

「そ、そうか」

「クロード様の美貌《びぼう》にひれ伏《ふ》す皆様の顔が楽しみですわね、クロード様」

「僕はあまりひれ伏させるつもりはないんだが……まあ、夜会は楽しみだな」

「まあ、クロード様も？」

あまり人前に積極的に出たがるほうではないと思っていたが、違《ちが》うのだろうか。

首をかしげたアイリーンに、ほんのわずかにクロードが微笑んだ。

「友人が、できるだろうかと思って」

そのときの衝撃《しょうげき》たるや雷《かみなり》が背後に三連発落ちたときの比ではなかった。

アイリーンだけではなく周囲の面々も同じで、全員が動きを止めている。誰《だれ》かがお茶をたおしたようだったが、それでも誰も反応しなかった。

そんな中、妙《みょう》にはずんだ声でクロードが続ける。

「夜会には年の近い者たちがいるだろう」

「……」

「僕はこれまで友人というものを持ったことがなくて」

「…………」

「久しぶりの社交界だ。友と呼べる人間に出会いたいと思う」

「………………」

息を殺したままアイリーンは他の仲間たちと目配せし合う。

これは事実を指摘《してき》したらやばいやつだ。お前魔王だろとか魔王に友達とかなんかとか、しかも皇太子なのにとかこう、正論は禁止なやつだ。

誰もがクロードから目をそらす中で、ベルゼビュートが大きく頷《うなず》いた。

「王が望まれるなら俺も協力する」

「そっ……そうですわね!?」

「アイリーン様、声ひっくり返ってますよ！　落ち着いてください、我が主《あるじ》。私め、あえて御《おん》身《み》のために申し上げます」

まず動いたのはキースだった。さすが忠臣、言うのかと人間たちが固唾《かたず》を呑《の》んで見守る。

「まずは挨拶《あいさつ》を頑張りましょう！」

「そこからかよ!!」

「い、いやでも正しいですよ、アイザック様。たぶん……」

「……。挨拶は大事だ」

「そ、そーだぜー。社会人たるもの挨拶もできねーやつは駄目《だめ》だからさー！」

「挨拶……挨拶か。なるほど。そういえばこの間の夜会は空から現れてしまったしな……失敗だった。あれは人間のすることではない、魔王のすることだ」

どうしよう、どこからつっこんでいいのかわからない。愛《いと》しい婚約者《こんやく》が物憂《ものう》げに長い睫《まつげ》をゆらしているのに、変な汗《あせ》が浮《う》かんでくる。

ただただ純粋《じゅんすい》でまっすぐなベルゼビュートが、肩《かた》を落とした。

「……王は、魔王でいるのが苦痛か？」

「それは違う、ベル。僕はただ友人が欲しいだけだ」

「……。なぁこれ、下手したら世界が滅《ほろ》ぶ系の願いじゃないよな」

アイザックのつぶやきが聞こえているのかいないのか、クロードが顔をあげた。

「アイリーン」

「はいっ⁉」

「君のほうが社交界歴は上だろう？　だから教えて欲しい。挨拶以外に気をつけることがあるだろうか、友人を作るにあたって」

真面目《まじめ》にクロードに話題をふられたアイリーンは焦《あせ》る。

(選択肢《せんたくし》間違ったら世界が滅ぶ系の願いだわこれ！　で、でもどうやって諦《あきら》めさせれば)

目を泳がせたアイリーンに、まずアイザックが耳打ちした。

「優《やさ》しく言えよ」

「でもきちんと伝えてくださいね」

リュックまで丸投げだ。ジャスパーが訳知り顔でうんうんうなずく。

「ま、現実を知るのが大人への階段ってもんだよ」

「大人って厳しい世界ですよねえ」

「……。可哀想《かわいそう》だとは思うが」

ドニもクォーツも好き勝手言っている。

全員、自分に押しつける気だ。クロードの婚約者は自分なのだから、当然だけれども――だが、あのきらきらした子犬みたいな目に向かって、そんな残酷《ざんこく》な。

（いえ、駄目よアイリーン。婚約者だからこそ、きちんとわからせなければ……！）

皇帝《こうてい》になろうとする者に、友人などそうそうできはしない。魔王《まおう》ならばなおさら。というか友人ができる顔をしていない。無理だ。どう考えたって無理だ。

きちんとそう告げるべきだ。

そう決心したアイリーンの瞳の中で、クロードがふわりと花をほころばせたように笑う。

「君がいるおかげで、僕は人間らしいことを、もう何も諦めなくていい」

「っ…………わ、わかりましたクロード様！　作りましょう！　友達を!!」

「「「はあああああああああああああああああ!?」」」

悲鳴じみた声をあげた背後をきっとにらむ。

「全員、わかったわね。クロード様に友人を用意するわよ！」

「用意するもんじゃねーだろ友人は!!」

思い切りつっこんだアイザックにリュックが真剣《しんけん》に考えこむ。

「ドニが魂《たましい》こめて人形作ったら、なんとかなるかも……」

「が、がんばります、僕！」

「……植物は話しかけると生長するという話がある」

「つまり我が主の友人候補は人形か植物」

ふっと遠い目になったキースに、ベルゼビュートが顔をしかめる。

「何を騒《さわ》いでいる。王の望みだ、かなえろ」

「アイリーン」

クロードの呼びかけに振《ふ》り向く。極力感情をおさえて生きてきたという婚約者は、いつも通り無表情だった。

だが夜風がテラスから優しく吹《ふ》きこみ、花瓶《かびん》にいけてあった花が盛りを思い出したように花開く。

「僕は本当に、君を婚約者にできてよかった」

もうそろそろ帰るといい。

甘い吐息《といき》のような言葉に、アイリーンは何を言われているかわからないままこくこく頷く。

ぱちんと指を鳴らす音がして、気づいたら自分の部屋の寝台《しんだい》の上にいた。

（……だからあの顔は反則だと）

そのままアイリーンは真っ白になった頭で枕《まくら》に突《つ》っ伏《ぷ》した。


「クロード様、ほんとに友人が欲しいんです？」

寝衣《しんい》を手に取ったクロードは、寝台を整えているキースの質問に振り向いた。

「欲しいが？」

「……。ベルさぁん、これ本音です？」

「王は楽しみにしておられる」

「いやそれ、友達ができるって楽しみじゃないですよね？」

「お前はさかしくていけない。もっと素直《すなお》に考えるといい。友人ができたら楽しいじゃないか」

眼鏡の奥から投げられた不審《ふしん》いっぱいの視線に、クロードは薄《うす》く微笑《ほほえ》む。

「できるものなら、な」

「……アイリーン様、可哀想」

「ところでキース」

「はいはいなんですか」

「着方がわからない」

寝衣を前に真顔で申告《しんこく》したクロードに、がっくりとキースが肩を落とした。

「このボンボン魔王……いつも魔力《まりょく》で横着するからですよ！　初夜までに自分ひとりで着替《きが》えができるよう特訓しますよ、アイリーン様に呆《あき》れられちゃいますからね」

「だが脱《ぬ》がしてもらうのもいいと思わないか」

「聞かなかったことにします」

寒いという魔王の感覚を受け止めたベルゼビュートは、開きっぱなしのテラスへの扉《とびら》をぱたんと閉じた。

◆アーモンド◆

魔王第一空軍アーモンド大佐《たいさ》の朝は早い。

敬愛する魔王様が人間の女と婚約して以来、仕事が増えたからである。

「アイリーン！　アイリーン！　クッキー！」

「朝食中に足下《あしもと》から出てくるなと何度言わせるの！」

ドートリシュ公爵《こうしやく》家の朝の食卓《しよくたく》に突撃《とつげき》したアーモンドは、床《ゆか》をぴょんぴょん飛び跳《は》ねて——この間飛び回って羽をまき散らしたらものすごく怒《おこ》られて丸三日クッキー禁止になったので床を移動するだけにしている——わくわくと待つ。

するとアイリーンのほうが降参して、呼び鈴《りん》を鳴らした。待ち構えていたように扉が開き、メイドがバスケットを持ってくる。いつもの丸い網《あみ》かごに目を輝《かがや》かせた。

「アーモンド様、お持ちしました」

「ゴ苦労！」

びしっと敬礼すると、なぜかバスケットを持ってきてくれたメイドがさっと顔をそむけて肩を震《ふる》わせた。だがすぐにきりっとした顔で、本日の中身を説明してくれる。

「とりまとめいただいた資料にもとづき、ドートリシュ公爵家のシェフが腕《うで》によりをかけて作ったクッキーです。この間アイリーンお嬢様《じょうさま》よりご指摘《してき》を受けて、改良いたしました」

「改良……？」

「おいしくなるよう手を加えてみたということよ」

なんということだろう。ぶあっと全身の毛が震えた。

「ぜひ魔王空軍の方々に再度ご意見いただければと思います。わが屋敷《やしき》をお守りくださり、使用人一同、改めて御礼《おれい》申し上げます」

「了解《りょうかい》シタ！　魔王様、見セル！」

「今日はクロード様のところへお邪魔《じゃま》するのは昼過ぎになると伝えておいて」

「伝言？　報酬《ほうしゅう》、ケーキ！」

「伝言一つにケーキは法外でしょう。それにケーキを焼くような時間はな……わかったわ、しょげないの。今度ね」

「約束！」

ドートリシュ公爵家の見回りはアーモンドたちの役目だ。怪《あや》しい人間がうろついていたら使用人たちに伝え、どこかで噂話《うわさばなし》を耳にしたらアイリーンに教える。あまり姿を見せないように距離《きょり》をとっての隠密《おんみつ》行動は、アーモンドたちの間で今一番かっこいい仕事として流行していた。

待遇《たいぐう》もいい。屋敷の人間はきちんとアーモンドに礼をつくすし、アイリーンの父親という人間は言われたゴミを持ち帰ったりしたら珍《めずら》しいお菓子《かし》やごちそうをくれる。ドートリシュ公爵家でお菓子を作る人間も、日々魔物《まもの》に献上《けんじょう》するお菓子を研究してくれている。おいしいものがいっぱいもらえてみんなもアーモンドもうれしい。いいことずくめだ。

だがアイリーンの作るお菓子ははずせない。最初は散々な目にあったし、おいしいお菓子は他《ほか》にもたくさんあると知ったけれど、どうしてだかやめられない。どういうことなのか魔王様に聞いたら「好きだということだ」と教えられた。

「魔王様、伝エル。クッキー、持ッテイク！」

「ええ、いってらっしゃい。クッキーは魔王様に見てもらうのよ」

「ワカッテル！　ジャアナ、人間！」

くちばしでバスケットの取っ手を持ち、中身をこぼさないよう気をつけながらぴょんとアイリーンの影《かげ》に飛びこんだ。

この影は魔王様の魔力でできていて、出たいと思った場所にすぐ出られる。ぱちっと目を開くと、寝台で新聞を広げている魔王様の足下にぽすんと落ちた。すでにキースは挨拶《あいさつ》をすませているのだろう、珈琲《コーヒー》やサンドイッチが寝台脇《しんだいわき》に用意されている。

「おはよう、アーモンド」

「魔王様、オハヨウ、オハヨウ！　クッキー！」

「ああ、こちらに」

まだ寝間着《ねまき》姿の魔王様は、広げていた新聞をたたんで、そっとクッキーに手をかざす。危ないものがないか調べてくれているのだ。

みんなに配るもらいものはきちんと魔王様の確認《かくにん》をとること。ドートリシュ公爵家からお菓子をもらうようになって、アイリーンに口酸《くちす》っぱく言われたことを、アーモンドは忠実に守っている。みんなの安全を守るのは隊長の責任なのだ。

「大丈夫《だいじょうぶ》だ、問題ない」

「魔王《まおう》様、アイリーン、昼スギ、クル！」

「ああ、わかった。どうせ僕も朝は皇城にあがるから、留守にする」

「城？　魔王様、ヒトリ？」

あの皇城という場所は危ないところだ。昔、魔王様が何度も殺されかけた場所。そんなところへひとりで行かせられないと考えていると、魔王様がふと優《やさ》しく笑《え》んだ。

「大丈夫だ。キースもベルも連れて行く」

「俺様、ツイテイク？」

「お前たちにも仕事があるだろう。今日は何をするんだ？」

うーんとアーモンドは首をかしげて思い出す。

「ドニ、手伝ウ。狼男《おおかみおとこ》ノ屋敷、モウスグ完成！」

「そうか。お前たちの家はどうだ？」

「快適！　今度、作戦本部作ル……」

楽しみにしている予定を伝えようとして、ちょっと言いよどんだ。

どうした、と魔王様が尋《たず》ねてくれたので、不安を打ち明ける。

「魔王様、オ金、アル？」

珈琲を飲もうとしていた魔王様がそのまま固まった。

経済観念というものをアイザックから教わったアーモンドは、クッキーをもらうには仕事をしなければならないように、建物を建てたければお金がいるということをもう知っている。

そしてお金というものは魔王様が用意しなければならないらしい。アイリーンでもいいらしいが、そうすると魔王様が借金したということになり、それがたくさんになるとアーモンドたちはアイリーンに売られてしまって、魔王様の魔物ではなくなってしまうという恐《おそ》ろしい話をアイザックとジャスパーから聞いた。

なおその話を聞いた魔物達がそろって恐慌《きょうこう》状態に陥《おちい》ったので、アイザックとジャスパーはアイリーンにものすごく怒られていた。ドニも怒って「そんなことはさせない」と言ってくれたので、いいやつだと思っている。

「……何を教えているんだ、アイリーン達は……」

「売ラレル？　魔王様、離《はな》レバナレ……」

「大丈夫だ。僕がお前たちを手放したりするわけがない」

頭をなでられ、ぱっとアーモンドは顔を輝かせた。魔王様が言うことは絶対である。

「ワカッタ！　クッキー、持ッテイク！」

「ああ、ちゃんと皆《みな》でわけるように。そうだ、最近入ったあの白い子はどうだ？」

「俺様、面倒《めんどう》、ミテル！」

胸を張ったアーモンドに、頼《たの》むと魔王様が言ってくれた。

こくこく頷《うなず》くと、魔王様が指を鳴らす。気づいたらクッキーのかごごと、空軍が集まる集会所に飛ばされていた。

森の木々をそのまま使い、雨風をしのげる屋根など便利なものがしつらえられた木漏《こも》れ日の空間は、ドニが造ってくれた集会所だ。真ん中には齢《よわい》何百年の立派な樹木があって、それを中心にたくさんの空軍仲間たちが羽を休めたり集まったりする場所になっている。

そして朝いちばんにクッキーを配る場所でもある。すでに待っていた面々が目を輝かせ、騒《さわ》ぎ立てた。

「クッキー！　クッキー！」

「パイ！　アルカ⁉」

「順番！　並ブ！」

アーモンドが指示するとみんなバスケットの中に頭をつっこんだりせずに、一枚ずつクッキーを取っていく。取り合いをしようものならアイリーンが聖剣《せいけん》で燃やすと言い出すし、何より魔王様が困るのだ。

みんな、魔王様が困ることはしない。

「今日、俺、ジャム！」

「僕、チョコパイ……」

「オマカセ！　オマカセ！」

ちゃんとドートリシュ公爵家の人間は皆の希望に合わせて用意してくれている。あと、おまかせというのもあって、あえて希望を出さず楽しみをとっておくこともできるのだ。

そして本日のおまかせは上にザラメがまぶしてあるシュガークッキーだった。

ちょっと考えたアーモンドは、自分のアーモンドクッキーを食べたあとで、シュガークッキーをつまみ、樹木の根本へと飛び降りた。

外からは見えづらい小さなくぼみに、白いカラスが隠《かく》れている。

「オ前ノ分」

そう言ってアーモンドは持ってきたおまかせのクッキーを、少し離《はな》れた場所に置いた。

半分だけ出た顔が、アーモンドを見る。本当に真っ白だ。でも目は魔王様と同じ赤。アーモンドと同じ赤でもある。

ほんの少し前、キースが買い戻《もど》して連れてきた魔物だった。

「ウマイゾ、食ベロ」

「……人間ガ、作ッタモノナンテ……」

真っ白な新しい仲間は、人間を嫌《きら》っている。

人間につかまって、飛べないよう羽を折られて、鳥かごにずっと閉じこめられていたと聞いた。綺麗《きれい》だと目をえぐられ、キースが連れ戻したときは息も絶え絶えだったのを、魔王様が治してくれた。

でも心の傷、というものは治らないそうだ。

魔王様のことでさえ、人間の形をしているから怖《こわ》くて近づけないらしい。目を覚ましたときも、悲鳴をあげて暴れまわり、大変だった。魔王様が眠《ねむ》らせて、人間の気配がないここへとそっと連れてきたのだ。

長いこと閉じこめられていたせいで、飛ぶこともできない仲間。

キースは自分のせいだと言っていた。ドニは暴れても怪我《けが》をしない寝床《ねどこ》を作ってくれ、リュックやクォーツは気分が落ち着く木の実やおいしいものを教えてくれる。ジャスパーは毛布を持ってきたし、アイザックは知らんぷりしながらこの間アーモンドたちによく似た姿が描《か》いてある本を読んでいた。

多分、ここの人間はみんなこいつに優しい。

でもこいつはその優しさを受け取ろうとしない。それがみんな不思議で、首をかしげている。喧嘩《けんか》しようものならアイリーンが聖剣を持ち出してくるのでいじめたりはしないが、魔王様にもおびえる姿が理解されず、真っ白な姿と相まってさけられがちになっていた。

でもアーモンドは魔王様に頼まれたので、見捨てたりしない。だってこの真っ白いのも空軍の一員になるのだ。

「ジャア、何、食ベル？　オ前、飛ベナイ。取ッテキテヤル」

「イラナイ……」

「自分デ取ルカ？　オ前、ドウシタラ、飛ブ？」

「人間、イナクナレバ、飛ブ」

困った。それは無理だ。

魔王様は人間の出入りを許すようになった。魔王様の言うことは絶対だ。それをこの白いのもわかっているはずなのに、無茶《むちゃ》を言う。

「人間ナンテ、信ジラレナイ……」

恨《うら》みがましい一言に、アーモンドはきゅるっと首をかしげて考えてみた。

自分だってそう思っていた頃《ころ》があった。それがどうして今は平気なのだろう。

そして結論を出した。

「クッキー、食ベル」

「イヤ」

「食べロ！」

飛べもしない、木の根もとでうずくまっているだけの新入りなどアーモンドにかなうわけがない。

白い体を爪《つめ》で押さえつけ、無理矢理《むりやり》クッキーをくちばしに放《ほう》りこむと、目を白黒させて白いのは飲みこんだ。

「ウマイ？」

「……」

「ウマイナラ、今日カラ、オ前、シュガー！」

ぱちりと白いのが目をまたたいた。

ふふんとアーモンドは自慢《じまん》する。

「俺様、アーモンド。オ前、シュガー。決マリ！」

「……シュガー」

「アイリーン、名前、ツケル。俺様、オ前、名前、ツケタ！」

アイリーンはクッキーをくれて、名前をくれた。

しびれ薬をしこまれたので怒《おこ》ったが、名前は嫌《いや》ではなかった。この胸の蝶《ちょう》ネクタイと一緒《いっしょ》に、たくさんの魔物《まもの》だった中からアーモンドをアーモンドにしてくれた魔法《まほう》だったから。

「アト、ソウダ、俺様、オ前、守ッテヤル！　隊長ダカラ！」

アイリーンもそうして、仲間を助けてくれた。

それでアーモンドはアイリーンを信じてもいいと思うようになったのだ。

「ワカッタラ、ダンス練習、オ前モスル！　時間ナイ！　魔王《まおう》様、ビックリサセル！」

何ヶ月かすれば、魔王様の誕生日がやってくる。

腕《うで》によりをかけてお祝いするのだとアイリーンが張り切っていた。ごちそうをたくさん用意して、綺麗になった廃城《はいじょう》で、みんなと一晩中お祝いする約束をしている。

誕生日にはプレゼントをすると知って、アーモンドは他《ほか》の魔物達と一緒に考えた。一応魔物にもその種に応じて派閥《はばつ》があるので、みんな一緒にとはいかないが、何か贈《おく》れないかと――その結果、アーモンドたちが選んだのは、ダンスを見せることだ。人間はくるくる踊《おど》ってお祝いするらしいので、それをまねすることにした。

今、ドニが作ってくれた打楽器を、ベルゼビュートは必死で練習している。話はドニを通じて人間側にも伝わったらしく、踊りの練習を手伝ってくれていた。ただし、魔王様にはもちろんアイリーンにも内緒《ないしょ》で。

びっくりさせてやるのだと、みんな張り切っている。

魔王様を喜ばせるのだ。

そう、その名も──『魔王様スキスキダンス』である。

「オ前、真ッ白。イイポジションモラエル！」

「……。ソンナノ、ウマク、デキナイ……」

「俺様達踊ル、魔王様喜ブ、大丈夫《だいじょうぶ》！」

アーモンド達の踊りが綺麗に見えるよう指導しているアイザックが「これ絶対売れる、商売にできる」と言っていたので素晴《すば》らしいのだろう。ジャスパーだって記事にしたいと言っていた。リュックとクォーツは見栄《みば》えがもっとよくなるよう、参加する全員に花飾《はなかざ》りを用意してくれている。

成功しないわけがない。

ぴょん、とアーモンドは木の根の一段低いところへと降りた。

そして呼ぶ。

「シュガー」

名前を呼ばれた白い魔物は、アーモンドと同じ赤い目で見返して──新しく生まれ変わるための一歩を、おずおずと踏《ふ》み出した。

それを見てアーモンドは胸を張る。

アーモンドは隊長だ。この赤い蝶ネクタイはその証《あかし》。

「守ル俺様、エライ！」

――守るはずだったシュガーがめきめき頭角を現し、青い蝶ネクタイをもらってアーモンドの地位を脅《おびや》かすのは、まだまだ先の話。

第二幕

◆魔王様と新しい護衛たち◆

いつか逃《に》げ出したい。自分の願いはずっとそれだ。

六歳の頃、母親に教会に置いていかれた。ただ、幸せになってねごめんねと何度も謝られたから、そのときはそういうこともあるだろうと、仕方ないと、まだ耐《た》えようと思っていた。

教会では、適性があったために非人道的な訓練を課されることになった。衣食住が確保されていただけで満足すればよかったのかもしれない。

ただどこまでも自分は『教会に仇《あだ》なす者を屠《ほふ》るすごい道具』だった。使えなくなったら即《そく》処分。裏切ろうものならば刺客《しかく》に追われる。せめて人を守っているのだと信じられれば、たとえ道具でも汚《よご》れ役でも誇《ほこ》りを持てたのに、そうはならなかった。

逃げ出したい。いつか、きっと、どこかへ。

そう思い続けながら、ウォルト・リザニスは魔王の配下となった。

（うん、ついに命運尽《つ》きたね）

いつもと同じ言い方をすれば配属は昨日。ミーシャ学園が魔物の襲撃《しゅうげき》を受け半壊《はんかい》した翌々日の話である。ウォルトは教会からいつもの命令書を受け取った。内容を要約すると『魔王様にお前を売りました』だ。世の中は本当に世知辛《せちがら》い。

即日《そくじつ》発送、送料無料。自ら歩いて魔王様のところまでお届けされる最中である。

それもこれも男装した女子生徒などに興味を持ってしまったせいだ。身から出た錆《さび》といえばそうなのかもしれないが、代償《だいしょう》が大きすぎる。

「わかっているだろうな、ウォルト」

「なーにがー？」

同じように送料無料で発送中の隣《となり》の人物に投げやりに応じる。

切れ長の瞳《ひとみ》にじろりとにらまれた。ウォルトの態度が不満らしい。カイル・エルフォードは相変わらず真面目《まじめ》だ。歩く速度は一定を保ったまま、声をひそめて確認《かくにん》される。

「俺達が本当に課された任務の内容だ」

足を止めると、カイルも足を止めた。誰《だれ》もいない宮殿《きゅうでん》の回廊《かいろう》でふたり、向き合う。

「教会が俺達を魔王に譲《ゆず》り渡《わた》したのは、魔王を暗殺せよということだ。それができなければ潔《いさぎよ》く自害しろと」

「……お前、本気でそれ言ってんの？」

「本気だ。お前こそ、まさかまだ逃げ出したいなどと思っていないだろうな」

――お前、俺と一緒に逃げる気はないか。

昔、ウォルトはそうカイルに声をかけたことがあった。うかつだったと今は悔《く》やんでいる。年々無用の道具として仲間が処分されていく中で、いつも見る顔が救いみたいに見えた。だから勘違《かんちが》いした。そして知った。

世の中には道具でもかまわない人間がいるのだ。

(俺はごめんだね)

まっすぐ馬鹿《ばか》みたいに教会の掲《かか》げる理想を信じて、淡々《たんたん》と任務をこなす。赤ん坊《ぼう》を殺し、魔物を屠り、教会の金になる。それが正義だと信じてゆるがない。

愚《おろ》かだ。そしてどうしようもなく、羨《うらや》ましい。どうして逃げる必要がある、などと返せる弱さが。

どこへも逃げられないということを受け入れている強さが。

彼は逃げることをしない。

だからウォルトにとってカイルは天敵だ。決してわかり合えないと思っている。カイルがどうして自分の発言を密告しなかったのか、興味もない。

「教会の意図くらい、お前に確認されるまでもなくわかってるよ」

「ならいいが。相手は魔王だ。気を引き締《し》めていけ」

「それよりお前、俺の足引っ張るなよ。あとこんな場所でべらべらしゃべるな、誰かに聞かれたらどうするんだ？　魔王様の呼び出しだってカラスの魔物が飛んでくるようなとこだぞ、ここは」

「そんなミスはしない」

「ああそう。じゃあお互《たが》い干渉《かんしょう》せず頑張《がんば》りましょう」

おどけてそう言うとカイルは目を細めて小さく言った。

「それでも、表向きは魔王《まおう》の護衛だ。協力は不可欠だろう」

「嫌《いや》だね」

「俺だって不本意だ！　だが任務だ。お前、護衛の任務はどれくらい経験がある」

「お前より経験はあるよ。どいつもこいつも殺してやりたいような人間だった。護衛対象を殺せっていうならありがたいくらいだ」

そこで話を打ち切ってウォルトは歩き出す。

(自爆《じばく》まがいに魔王に突撃《とつげき》する任務？　人間爆弾《ばくだん》ってか、お笑いだね)

生き延びるのだ。いざとなったら、アイリーン・ローレン・ドートリシュを手籠《てご》めにしてでも。そしていつか逃げ出す。

でもいったい、どこへ？

「ウォルト・リザニスです。お呼びと聞いて参りました」

「同じくカイル・エルフォード、参上いたしました」

「ああ、よくきてくれた」

ゆっくりと木漏《こも》れ日の下で魔王が振《ふ》り向く。

黒髪《くろかみ》に、赤の瞳。言い伝えどおりの色と運命を持って生まれた魔王。一度は皇位継承権《けいしょうけん》を放《ほう》棄《き》したが、アイリーン・ローレン・ドートリシュ公爵令嬢《こうしゃくれいじょう》との婚約《こんやく》をきっかけに、ドートリシュ公爵家の後ろ盾《だて》を得て、もう一度皇太子に返り咲《ざ》いた人物。世の中の認識はそれだ。

だが世の中の認識と実在の人物や事情が違《ちが》うことはよくあることだ。清廉《せいれん》な人物が裏では好色な少年愛好家であるなど、日常茶《さ》飯事《はんじ》である。

(魔王様はアイリちゃんにめろめろっぽいから、ただの政略結婚《けっこん》ってわけじゃなさそうだけど)

だが、愛する女には甘くとも、他《ほか》には残酷《ざんこく》なんてこともよくあることだ。

アイリが甘いのはわかっているのでそこをつけばいいのだろうが、油断していると足をすくわれる。なにせ、相手は魔王だ。

カイルが緊張《きんちょう》した面持《おもも》ちで切り出した。

「ご用件はなんでしょうか」

「シュガーから聞いていると思うが、君たちは今日から僕の護衛になる。だが、君たちにも事情があるだろう。異存はないだろうか？　僕は話を聞く王でありたいと思っている」

意向をうかがわれ、ちょっとウォルトとカイルは目配せしあった。異存はありまくりだが、ここで真に受けて首をはねられるのもよく目にする光景だ。

ただ、教会の任務を勘案《かんあん》すると護衛という立場は非常に都合がいい。刃物《はもの》を持ちこんでも許されるし、多少の無茶《むちゃ》も通せる。だから護衛を選ぶ側の最重要事項《じこう》は信頼《しんらい》関係だ。うしろから刺《さ》されないためには当然のことだろう。

だが、それを魔王様はご存じないらしい。

(こっちは教会の人間だよ？　でも人手がないって話だったし、しょうがないのかもねえ)

可哀想《かわいそう》な魔王様。皮肉っぽくそう思った。

人間を信じても裏切られる。化け物じみた自分たちからでさえ。

微笑《ほほえ》ましいような憐《あわ》れなような気持ちで、ウォルトはうなずいた。

「正直、経緯《けいい》には納得《なっとく》しがたいところもありますよ。でも命令された以上は従います」

「精一杯《せいいっぱい》つとめさせていただきます」

「そうか、とても嬉《うれ》しい」

少しも嬉しくなさそうな無表情でそう言われた。だがふと目に飛び込んだ鮮《あざ》やかな色に、ウォルトは目をまばたく。

(あんなところに花、咲いてたっけ？)

「では早速《さっそく》、君たちには僕についてきてもらう。ちょっと出かけたいんだ」

「はい。市街の視察でしょうか？」

「いいや皇都に」

「は？」

「クロード様、いた!!　我が主《あるじ》、そこを動くんじゃないですよ！」

突如響《とつじょひび》いた怒《ど》鳴《な》り声に、クロードが舌打ちした。

「キースめ、さすが行動が早いな。では行こう」

「で、ですがあれは従者の……」

「仕事山積みなんですよ、ちょっと出かけてくるってどこに――おいこら馬鹿主！」

ぱちんと鳴ったのは指の音。

呪詛《じゅそ》するような従者の声は一瞬《いっしゅん》で遠のき、次の瞬間《しゅんかん》ウォルトもカイルも地面に尻餅《しりもち》をついていた。

のどかな緑萌《も》える裏庭ではなく、石畳《いしだたみ》の裏路地。少し向こうでは人々が忙《せわ》しく行きかい、馬車の車輪と馬が走る蹄《ひづめ》の音が聞こえる。

「僕の護衛をするんだ。強制転移させられても、きちんと立ったままでいるように」

今までそんな注意をされたことがなかったので、間抜《まぬ》けにも聞き返してしまった。

「……え、強制転移？　瞬間移動ってことですか」

「では――ここはまさか皇都ですか⁉」

「そうだ。僕は一度、カフェというものに行ってみたい。アイリーンを誘《さそ》う予行演習だ」

君たちに期待している――と真顔で言う魔王様は、護衛がなんなのかを勘違いしている、たぶん。

「カイル、前言撤回《てっかい》するよ。俺達は協力し合うべきだ」

朝一番、魔王の執務《しつむ》室の前で顔を合わせるなりそう言った自分を、カイルは非難したりしなかった。

むしろ憔悴《しょうすい》した顔で、目を伏《ふ》せる。

「わかってもらえて有り難《がた》い。魔王に関する案件だ。たやすくはないと思っていたが……」

「協力し合おう。というかそうでないと無理だね、護衛にならない」

「あの従者に怒《おこ》られるのは俺達だしな」

「というかこうなったらもう意地だよ。〝名もなき司祭〟がこんなザマなんて許されることじゃない」

深く頷《うなず》き合い、互いの意思確認《かくにん》ができたところで、両開きの扉《とびら》へ向き直る。そろって深呼吸し、息をぴったりそろえて扉を開いた。

「クロード様、おはようございます！」

「今日こそいて——やっぱりいないねそんな気がしてたけどね!?　カイル、書き置きは!?」

「これだ！『アイリーンがくるまでには帰る』」

「アイリちゃん中心すぎるだろ！」

思わず置き手紙を床《ゆか》にたたきつけてしまった。

「アイリちゃん今日、ミーシャ学園の状態見て回るって言ってたよな、夕方から夜会に落ち合う予定だったよな！　それまで護衛なしとか許されるか、皇太子だろあの人……！　無能扱《あつか》いされるのは俺達だぞ！」

「アーモンド！　シュガー！　誰《だれ》かいないか！」

カイルが窓を開けて呼ぶと、魔王の周囲でふらふらしていることの多いカラスの魔物《まもの》が一匹《いっぴき》、飛んできた。

カラスの中でも特に珍《めずら》しい真っ白の魔物だ。なんでもその昔、人間にひどい目に遭《あ》わされたらしい。

そのためいつもこちらに手厳しい。じろりと冷たくにらまれる。

「何ダ、ニンゲン」

「クロード様を知らないか、シュガー」

「見失ッタ？　無能、役立タズ、コレダカラ人間ハ。恥《はじ》ヲシレ」

「面目《めんぼく》ない。わかる範囲《はんい》でかまわないので教えてもらえないだろうか」

「はい報酬《ほうしゅう》」

最近は常備することにした飴《あめ》を見せると、白いカラスはかっと目を見開いた。

「我ハソノヨウナ菓子《かし》ニ、ツラレヌ！」

「わ、わかった！　シュガークッキー買ってくるから！」

「ワカレバ、ヨイ」

大仰《おおぎょう》に頷いた白いカラスは窓辺の縁《ふち》にとまって、神託《しんたく》か何かのように告げる。

「魔王、馬、乗ッテ行ッタ。湖ノ方角」

「湖？　一昨日《おととい》そわそわしてたやつだな！」

「恩に着る、シュガー」

「我ヲ讃《たた》エヨ！　供物《くもつ》ヲ捧《ささ》ゲ」

「あとでね！」

コレダカラ人間ハ、と憤《いきどお》る魔物を置いて、ウォルトはカイルと一緒《いっしょ》に駆《か》け出す。廊下《ろうか》の途中《とちゅう》で手に教本を持ったゼームスとすれ違った。今のゼームスの仕事は、オーギュストに聖騎士団《せいきしだん》入団試験を突破《とっぱ》させることだ。

「なんだ、また逃《に》げられたのか？」

「またとか言わない、お前も魔王《まおう》様見かけたらつかまえといて！」

「無理だ」

「そう言わずに！」

「それよりそこを曲がるとキース様につかまるぞ」

口うるさい魔王の従者の名前に迂回《うかい》する道を迷わず選ぶ。同じ人間だし、おそらく戦闘《せんとう》能力だけなら自分達のほうが上だと思うのだが、あの従者はなんとなく怖《こわ》い。何より魔王を叱《しか》り飛ばせる貴重な上司だ。

「今更《いまさら》の確認だけど、馬のれるよねお前」

「当然だ」

自分達〝名もなき司祭〟に課される教育は多岐《たき》にわたる。庶民《しょみん》にも貴族にも紛《まぎ》れこんで、任務をこなせるように。できないのは命令に逆らうことだけ。

なので乗馬もお手の物だ。たどり着いた廄舎《きゅうしゃ》で馬を選び、鞍《くら》にまたがってその腹を蹴《け》る。

（まったく、なんて護衛対象だよ）

最初はカフェにつきあわされたと思ったら、その次の日はなぜか買い食いがしてみたいと言われた。オーギュストに聞いたミルチェッタ市内のパイが食べたくなったらしい。呆《あき》れて駄目《だめ》ですと告げたら、逃げ出された。大慌《おおあわ》てでさがし、公園で見つかったときに魔王様が言った言葉は「遅《おそ》かったな」だ。

その魔王に二十年以上仕えている従者は言った。

「クロード様はそういう方です、言っても無駄《むだ》です。なので私めはあなた達を怒りますね。護衛の管理不行き届き、減棒対象です！」

理不尽《りふじん》である。

魔王様が消えたからと言って放置していたら教会側からも魔王側からもやる気を疑われる。その結果クビにでもなったら任務失敗で教会から刺客《しかく》が送られてくるだろう。

やっぱり理不尽である。

「ああ……なんだ、追いついてしまったのか」

そしてすべての理不尽の元凶《げんきょう》は、緑と木々に囲まれた小さな湖のほとりで佇《たたず》んでいた。木に馬をつないだウォルトは、仁王立《におうだ》ちする。

「追いつきましたよ。またどうしてこんなところに」

「最近、君たちが追いかけてきてくれるのが楽しくて」

今すぐ暗殺してやろうかなとわりと真剣《しんけん》に思った。きっと、カイルも同じことを思っているに違《ちが》いない。こめかみに青筋がういている。

「とにかく、帰りましょう。キース殿から説教していただきます」

「まだ用事がすんでいない。君たちは先に帰っていい。というか先に帰るように」

「そうはいきませ――」

ふと、首筋に馴染《なじ》んだものを感じてウォルトはぐるりと周囲を見回した。

（……静かすぎないか？）

同じことを感じたのだろう。カイルも鋭《するど》い目つきで気配をさぐっている。

見晴らしのいい湖は周囲を木々に囲まれており、穏《おだ》やかなものだ。だがこの肌《はだ》にぴりぴりと伝わるものは――殺気。しかも、複数。

「……クロード様。ここにはどのような御用向《ごようむ》きで？」

ウォルトとカイルの顔つきが変わっても、クロードはいつもの無表情だ。

「そうだな。楽しいピクニックだ」

その答えを引き裂《さ》くように矢が飛んできた。咄嗟《とっさ》につかもうとしたウォルトの目の前で、見えない壁《かべ》に折られて矢が落ちる。

「だから先に帰れと言ったのに」

困った子どもをあやすような声で魔王が前に進み出た瞬間、矢の雨が降ってきた。

だがどれも届かない。前に出たクロード、そのうしろのウォルト、カイルを覆《おお》う薄《うす》い光の膜《まく》がすべてを弾《はじ》き飛ばす。木につないだ馬までその状態で、平和に草を食べている。

「ちょ、これ！　攻撃《こうげき》されてません⁉　心当たりは⁉」

「まあ、誰《だれ》でもいいんじゃないか？」

「「はあぁ⁉」」

カイルとふたりで言い返してしまった。と、その間にしげみから覆面《ふくめん》の暗殺者が飛び出してくる。

ぱちんと魔王が指を鳴らした。とたん、地面にあいた穴に、その暗殺者が雄叫《おたけ》びと一緒に落ちていく。

「……」

「とりあえずお前達は城に帰そう。僕が処理するので、余計なことは言わないように」

その言葉でわかってしまった。

どうして彼がここにひとりで、馬でやってきたのか。

おびき出すためだ。見晴らしのいいここで、さあ殺しにこいと相手に好機を与《あた》えた。

同じことに思い当たったのか、カイルも呆然《ぼうぜん》としている。

ふたりの顔を見て、魔王は赤い瞳《ひとみ》をきらめかせた。

「夕方までには戻《もど》る。いい子にしているように」

「――っざけてんじゃないよ……！　おいカイル！」

「あなたは馬と一緒にいてください！」

馬、とクロードが反復した時にはもうふたりで飛び出していた。

矢はまだ飛んできている。だからこそ方向にはアテがついた。左半分はカイルに任せればいい。ウォルトは右回りでしげみに飛びこむ。

木に潜《ひそ》む射手をたたき落とし、こちらに気づいて襲《おそ》ってくる短剣《たんけん》の使い手を回し蹴りで地面に沈《しず》める。恐《おそ》ろしいのは次から次へと出てくることだ。軍隊でも持ってきたのか。

しかし、手練《てだ》れはいなかった。殺さずに気絶だけで片付けて回る。どこかで雇《やと》われた寄せ集めの集団のようだ。端《はし》から掃除《そうじ》するように処理していくカイルとウォルトに途中から攻撃が集中しだしたが、それも特になんということもなかった。

一変したのは頭上から白いカラスが舞《ま》い降りたときからだ。

「貴様ラ、何、シテル」

しゃべるカラス。それだけで攻撃の理由は十分だったのだろう。どこからともなく飛んできた矢に舌打ちして、ウォルトは矢を素手《すで》でつかみ、シュガーを抱《かか》えこむ。同時に射手をカイルが木から蹴り落とした。

「無事か」

「ああ、さっきのでラスト？」

「そのようだ」

「……貴様、ケガ」

矢を離《はな》したウォルトの手のひらを見て、シュガーが小さくつぶやく。

小さな裂傷《れっしょう》は、確認《かくにん》しているうちに治ってしまった。

「大丈夫《だいじょうぶ》だよ、これくらい。……シュガー？」

「……」

いつもの強気はどこへやら、ぶるぶる震《ふる》えている。ああとウォルトは考え直した。人間にひどい目に遭《あ》わされた。つまり、そういうことなのだろう。合流したカイルは少し考えこんでから、おもむろにわしわしとシュガーの頭を撫《な》でた。

「何ヲスル！　人間ゴトキガ！」

「お、いつもの威勢《いせい》に戻った。で、なんでここに？」

「ソレハ……貴様ラ、頼リナイカラダ！」

一瞬《いっしゅん》目を泳がせたあと、胸をはったシュガーにウォルトはうなずいた。

「ひょっとして俺達を心配してつけてきた？」

「心配!?　自惚《うぬぼ》レルナ！」

「ウォルト、からかうな。無事ならそれで――」

しげみに人影《ひとかげ》を見たカイルと、そのまま同時に地面を蹴った。どうもひとり、逃げ出そうとしている輩《やから》がいるらしい。

シュガーを抱えたままウォルトは逃走者《とうそう》の腕《うで》をひねりあげて、静かに脅《おど》す。

「所属はどこかくらい言ってから死のうか？」

「か、金で雇われただけだ！　知らねえよ！」

「そうか」

カイルが冷徹《れいてつ》な一言と一緒に頸動脈《けいどうみゃく》に短剣の先を突《つ》きつける。ひっと喉《のど》を鳴らした男は、慌《あわ》てて言った。

「きょ、教会だよ！」

「何？　そんなわけが」

「カイル、落ち着け。——ねえそれってどういうことかなー？」

「ど、どういうことって言われても……教会から手は打ってある、俺達は集団でしかけてこの場を攪乱《かくらん》させるだけでいいって言われたんだよ！　あんたらみたいな護衛がついてるとは思わなかったんだ！」

それは——つまり。

（教会から俺達への手助けだった？　もしくは——）

警告。ためされたか。

「助けてくれ頼《たの》む、見逃《みのが》してくれ！」

「——もういい、行け」

もし教会の手駒《てごま》なら、逃《に》がしたところで処分されてしまうだろう。苦い思いでウォルトは男の背を押す。

だが一瞬喜びに満ちた男の顔が、みるみるうちに凍《こお》りついた。

「ま、魔王《まおう》……！」

「また教会か」

「魔王様！　怖《こわ》カッタ！」

シュガーが飛びつく。その頭をなでた魔王に青ざめて逃げ出そうとした男の足がふわりと浮《う》いた。そのまま放物線を描《えが》いて、湖に落ちる。

カイルの言いつけ通り、馬を三頭連れた魔王は何気なくつぶやいた。

「全員回収だな。殺されてしまう」

「は？」

目をまたたく間に、ふわりと先ほど地面に沈めた襲撃《しゅうげき》者達の体が宙に浮いた。ぐるりと周囲を見回した魔王の赤い瞳が光る。

ぱちんと、もう耳に慣れた指の音と一緒《いっしょ》に、襲撃者全員が消えた。

感動で打ち震えた様子で、シュガーが言う。

「悪イ奴《やつ》全員、消エタ！　魔王様、サスガデアラセラレル！」

「ど、どこへやったんです？　魔王」

焦《あせ》ったカイルに、魔王はさらっと答える。

「とりあえず全員、魔物《まもの》だらけの火山の麓《ふもと》へ送っておいた。教会の手は届かないだろう」

「いやそれ帰ってこられないですよね!?」

「大丈夫だ、いざとなればそこで自活も可能だ」

そういう問題かと思ったが、教会に殺されるよりは生存確率があがっている。

――そんなことを自分が気にするのもおかしい気がするが。

（いやいやそれよりも、魔王だろ！　教会の仕業《しわざ》ってばれたら当然、疑われるわけで）

「シュガー。お前は先に帰るように。だが、ここで見聞きしたことは僕とウォルト、カイル、お前との機密事項《じこう》だ」

「機密事項……！」

「守れるな？」

びしっとシュガーは見事な敬礼を返した。

「了解《りょうかい》シタ、我ニ任セヨ」

「いい子だ」

ぱちんと指を鳴らすと、シュガーの姿が消える。

そのまま魔王は硬《かた》い面持《おもも》ちのカイルと、様子見のウォルトに振《ふ》り向いた。

「よくやった。ありがとう、おかげで僕も馬も無事だ」

真正面からそう言われて、身構えていた全身から力が抜《ぬ》けた。

カイルも隣《となり》でいささか拍子抜《ひょうしぬ》けした顔になっている。

「君たちは強いな。助かった」

「はあ、どうも……魔王様ほどじゃないんで、むしろ邪魔《じゃま》したような気も……」

「そんなことはない。護衛とはいいものだな」

「……失礼ですが、今まで護衛をなんだと思われていたのでしょうか」

生真面目《きまじめ》なカイルの質問に生真面目にクロードは考えた。

「……珍《めずら》しいもの？」

「なんっじゃそりゃ！　あんた皇太子だろうが⁉　あーもう！」

思わず素《す》でつっこんでしまった。ぐしゃぐしゃと前髪《まえがみ》をかきまぜたあとで、ウォルトは両腕《りょううで》を組んだ。

「わかりました、クロード様。まず、俺達はあなたに護衛されるとはどういうことかを教えなければならないってわけですね？」

「僕に何か問題が？」

「……正直申しあげまして、ありまくります」

カイルも静かに言い添《そ》えるあたり、本当は腹に据《す》えかねているのだろう。まず、と先に背筋を伸《の》ばして進言を始めた。

「先ほどのようなことがある場合は俺達にまず相談してください。主君に守られる、あるいは囮《おとり》になってもらうなど、護衛の手落ち。はっきり言えば恥《はじ》です。その点、きっちり覚えてくださいますように」

「あーあと、ああいうのはきちんと根元から絶たないと駄目《だめ》です。穴にぽいぽい落として放置しないでください、無駄《むだ》なこともありますがそれなりに処理します」

「それと、俺達をまいて抜け出すのも禁止です。従者のキース殿《どの》に怒《おこ》られるのは俺達なので」

「そうだよねえ。でも俺はできるだけ柔軟《じゅうなん》に対応しますよ？　遊びたいし」

「ウォルト！　貴様は——」

「魔王様だって息詰《つ》まるだろ。少しは考慮《こうりょ》するのも優秀《ゆうしゅう》な護衛だよ」

「何かあったらどうする！」

「そのときはそのときだよ、お前は頭固すぎる」

「お前がふざけすぎているんだ！」

「――ふたりとも仲がいいんだな」

「「どこが⁉」」

　ふたりそろって言い返して、はっと我に返る。本当にほんのわずかに、魔王は――クロードは、口元を緩《ゆる》めていた。

「いいだろう。最初に言ったが、僕は話を聞かない王ではない。――僕の許容範囲《はんい》で、だが」

「は？」

「――それは聞かないってことですかね」

「さあ、どうだろう。とにかく帰ろうか。せっかく護衛がいるんだ。たまには馬で景色を楽しみながら戻《もど》るのもいい」

　ぽいと手綱《たづな》を放《ほう》られて、慌てて受け取る。ひらりと馬にまたがったクロードが、馬上からウォルトとカイルを見下ろした。

「そうだ、先ほどの教会の件だが、お前たちでなんとかできそうか？」

　君たちからお前たちに昇格《しょうかく》した。思わずカイルと顔を見合わせる。

　こちらの抱《かか》えている事情を知ってか知らずか、魔王は笑った。

「もちろん、僕が対処してもいいが」

「いえ、我々がまず対処します」

焦ったように答えたのはカイルだ。当然の回答だろう。

「そうか、なら任せよう」

「──けど、それは俺達を信頼《しんらい》しすぎじゃないですかね。裏切られたらどうするんです？」

気づいたらそう告げていた。カイルが一瞬《いっしゅん》にらんだ気がしたが、何も言わない。

馬上の魔王は、静かに告げた。

「お前たちを信じられず、大事にもできずに、何が王か」

息を呑《の》んだあとに湧《わ》きあがったのは──多分、少しの悔《くや》しさと感動だった。

(そうか、アイリちゃん。君は、こういう男が好きか)

どうしてだかそんなことを思った。でも苦い何かと一緒に呑みこむ。

誰《だれ》かを大事にすること。信じること。

自分には一番遠くて、届かないと思っていたものが、目の前にある。そのことを、忘れないために。

「それに、お前たちが僕を裏切り、教会の密命をうけているとしても、腹は立たないな。むしろ同情する」

「は？　なぜ──」

「一体どうやって僕に勝つつもりだ？」

ぐっと黙《だま》ったウォルトとカイルを面白《おもしろ》そうに見つめて、クロードが馬の綱《つな》を操《あやつ》る。

「帰るぞ、ついてこい」

「――御意《ぎょい》」

逃げたかった。いつだって、どこかに。

でもどこへ逃げるのか、いい加減決めなければならないのかもしれない。

そこへと一瞬でも魂《たましい》をゆさぶられたのであれば。

『拝啓《はいけい》　司教様
お元気でしょうか。俺は元気にやっております。
先日は魔王《まおう》と皇都にてお茶を共にしました。男三人で地獄《じごく》だなどとウォルトは嘆《なげ》いておりましたが、少しでも情報を得るべく積極的に交流をとってみたところ、魔王は俺がすすめた苺《いちご》タルトを気に入り、お持ち帰りに至りました。
とある晩餐会《ばんさんかい》では魔王の人間関係を把握《はあく》すべく目を光らせておりましたが、魔王も我々をまだ警戒《けいかい》しているのか、ローストビーフがおいしいとひたすらローストビーフを運ぶ役を押し付けられました。ウォルトはローストビーフにかけるソースを魔王と選んでいる始末。断固許すまじと思っておりましたが、今思うとあれも魔王を油断させる作戦なのかもしれません。俺も精進致《しょうじんいた》します。ですが、魔王手ずからローストビーフをわけていただく程度には信頼関係を築けたと明記しておきます。

魔王が俺達を疑っている様子はありません。どこへ行くにも俺達をつれていればいいと最近は思っているようです。意外と魔王はふらふら出かけております。お忍《しの》びが好きでしょっちゅう皇都の下層区域に素顔《すがお》で出歩きます。本人は気づかれていないと思っていますが、顔があれですので周囲には完全にばれています。目立っているので狙《ねら》うのはおすすめできません。目を離《はな》すといつの間にかいなくなるため、いつどこに現れるのかも予想がつきません。そのせいで、キースという従者に俺達の管理不足で魔王がふらふら出かけるのだと怒られております。まことに遺憾《いかん》であります。

このように魔王は瞬間《しゅんかん》移動が可能であり、逆に視界に入るものを強制移動させられるようです。魔王に刃物《はもの》を向けて突撃《とつげき》してきた者が、突然《とつぜん》できた穴に落ちてどこぞへ消えたこと数回。これに関しては我々がいるのでつかまえる方向でと提案し今では俺とウォルトで対処しておりますが、その様子をなぜか魔王は非常に嬉《うれ》しそうに眺《なが》めており、むずがゆい気分です。

魔物《まもの》達も菓子《かし》を与《あた》えれば味方になってくれることもわかりました。ウォルトなど、飴玉《あめだま》を持ち歩いて色々情報を集めているようです。魔物達は魔王の命令が絶対のようで、数多《あまた》の魔物を殺してきた〝名もなき司祭〟である俺達さえ信頼しております。ただ魔王が信じたからと、それだけで。

そのせいなのでしょうか。我々の標的であったゼームスは、恨《うら》み言を言いません。むしろ魔王に振り回される俺達を憐《あわ》れんでいるようです……。

空を飛び、魔物達を使役《しえき》し、強大な魔力《まりょく》を操る魔王。しかしただの人間であると、俺は確信します。

ならば、和解が可能ではないか。半月ほど魔王とその周りをさぐった結果、そう具申《ぐしん》したく筆を取りました。

襲撃《しゅうげき》にも何度かあいましたが、あれは教会の手によるものだったのでしょうか。もしそうなら結果は耳に入っているはずです。魔王と敵対することは、得策ではありません。

先に述べたように、魔王は俺達を信頼し始めています。この手紙が検閲《けんえつ》されることすらないでしょう。もし司教様がお望みならば、俺は和解の橋渡《はしわた》しをしたいのです。

ぜひご一考いただきたく思います。

敬具　カイル』

「あら、ウォルト。休憩《きゅうけい》？」

こっそり盗《ぬす》み出した手紙を折りたたんですぐに声をかけられたせいで、いつものふざけた笑《え》顔《がお》をはりつけるのが遅《おく》れた。

ごまかすためにスープをあわててすすり、一息置いて、ウォルトは調子を整える。

「そう、お昼ご飯。クロード様の護衛はカイルと交替《こうたい》中」

「どう？　クロード様の護衛は」

「順調だよ？」

紅茶の入ったカップを持ちあげてみせると、金の髪《かみ》をゆらしてアイリーンが小さく笑った。振《ふ》り回されていることなどとっくに彼女の耳には入っているのだろう。

（……でも、魔王様が襲撃されたってのは知らなそうだね）

もし知っていたなら怒って魔王様を怒鳴《どな》りつけていそうだ。多分、魔王様が隠《かく》しているのだろう。それを知っていること、察せられることに妙《みょう》な優越《ゆうえつ》感があった。

なるほど、護衛にはこういう特典があるわけだ。

紅茶を飲むそぶりで隠れて笑う。

「あら、今笑った？」

「いやいや。で、なんの用？」

「珍《めずら》しく真面目《まじめ》な顔をして考えこんでいたから」

「気のせいじゃない？」

「何か困ったことがあるんじゃないの？　たとえば教会とか」

職業柄《しょくぎょうがら》、表情を隠すのは得意なほうだ。けれど今回は、アイリーンの顔を見返した。

前々から思っていたことだが、この女は何かが違《ちが》う、と思う。それは男装していたからでも、魔王の婚約《こんやく》者だったからでもないのだと今、はっきりわかった。

彼女は何か知っているのだ。ウォルトでさえあずかり知らぬことを。

アイリーンが目の前の席に座る。目を細めて、ウォルトの顔をのぞきこんだ。

「わかっているだろうけれど、教会は必ずあなた達を使い捨てるわよ」

「……やだなーアイリちゃん、俺達は教会から売られた身だよ。そういうオハナシは一切《いっさい》関係ないでしょ」

「わたくしたちの味方になれとは言わない。無理強《むりじ》いの忠誠なんてあてにならないわ。でも、クロード様の後ろ盾《だて》がある以上、時間はかせげる」

そっとアイリーンが、フォークを持ったままの手を、あたたかい手で覆《おお》った。

「だから、自棄《やけ》はおこさないで。ちゃんとあなた達の安全を確保しなさい」

冷たい手にじんわり体温を分け与えられながら、ウォルトはなんとか唇《くちびる》だけで笑みを作る。

「まるで、俺達を心配しているような言い方だね」

「心配しているわ。何かあったらクロード様が悲しむ」

それはなんとなく想像できてしまって、笑い飛ばせなかった。

「わたくしに頼《たの》みたいことがあるなら言いなさい。察しろなんて甘えた考えでは、助けてあげられないわ」

それもまた正論だ。

ずっと息をつめていたことがわかって、深呼吸した。

「でも、助けられることを望んでない相手を助けるのは、おこがましいよね」

「その結果、相手にののしられてもいいなら何も問題ないわ」

潔《いさぎよ》くきっぱりと、アイリーンは言った。

「わたくしが助けたいから助ける。あなたも、自分がしたいことをなさい」

そう言われて初めて自覚する。

(そうか、俺は助けたいのか)

逃《に》げたいとも思っていない相手を、逃がしてやりたいのだ。

馬鹿《ばか》が、自分のひそかな願いにも気づかず真っ向からぶつかっていった。そんなことが通用する相手ではないのに。

「……そっか。アイリちゃんらしいな」

「で、わたくしに何をしてほしいの?」

小首をかしげて楽しそうに待っているアイリーンに、ウォルトは前髪《まえがみ》をかきあげてぱちんと片目を閉じた。

「残念ながら何もないよ」

「この話の流れで? 頑固《がんこ》ね。力を貸してほしいと頼むのも強さよ」

「もういいかな、クロード様に話があるんだ」

むっとアイリーンが唇をへの字に曲げる。

それが小気味よくて笑ってしまった。

「……クロード様を頼《たよ》るの? それは反則じゃないかしら」

「いいね。俺、反則大好き」

「でも! クロード様を頼るなら扱《あつか》いには気をつけて頂戴《ちょうだい》」

立ちあがったアイリーンが両腕《りょううで》を組んで見下ろす。

「あの方はたまにしか常識が通じないわ」

「うん、それは同感」

深く頷《うなず》き返すと、アイリーンは嬉しそうに笑って、じゃあねときびすを返す。

(いい女だなあ)

魔王《まおう》様の理解者が増えて嬉しそうな顔をするのが、まさに反則だ。可愛《かわい》いなと思ってしまったではないか。

もちろん、魔王様に喧嘩《けんか》を売る勇気なんてないけれど。

昼食のトレイをさげて、交替のために執務《しつむ》室を目指す。途中《とちゅう》で復旧に励《はげ》むため走り回っている人間たちの姿が見えた。こうして再度観察してみると、ずいぶん貴族が減っている気がする。

(そういえば魔王様が改革したんだっけか。それをゼームスがいずれ引き継《つ》ぐ……)

このまま魔王様がすんなり皇帝《こうてい》になるなどとウォルトは思わない。人間は正しいことを選ばない生き物だ。どんなにいい施政《しせい》をしいても関係ない。誤報を真実だと信じ、自分は正しいと疑わず、正義の名のもとに弑逆《しぎゃく》し、守るために排除《はいじょ》ができる。

まして魔王。のるならそれは泥船《どろぶね》だと考えるべきだろう。

「カイル、交替」

「ああ」

でもきっと沈《しず》んだ時に、後悔《こうかい》をしないと思えるなら。

「クロード様。お話があります、少々よろしいでしょうか」

カイルが部屋を出ていくのを確認《かくにん》したあとで、ウォルトは執務机の前に立った。

書面に羽根ペンでサインを走らせながら、クロードが答える。

「あとではだめなのか？」

「俺達はあなたを裏切っています」

クロードがぱちんと指を鳴らすと、書面が消えた。羽根ペンがふわふわ動いて勝手にペン立てにおさまる。

ゆっくりと赤い瞳《ひとみ》を細めて、魔王が笑う。

「話を聞こう」

✦

✦

正しいと思ってきた。思わなければならなかった。

でなければ自分はきっと立っていられない。

自分が従う相手が間違《まちが》っているかもなんて考える勇気も、どこかへ逃げたいだなんて希望も持てない自分は。

「教会から魔王へ密談の申しこみ……ですか？」

「ああ。突然《とつぜん》で申し訳ないが今日の夜だ。教会本部があるミルチェッタにいる間に是非《ぜひ》と言われたら仕方がない。護衛として君たちを指名されているが、ついてきてくれるか？」

「もちろんですよ、仕事なので」

肩《かた》をすくめて言うウォルトを不謹慎《ふきんしん》だとにらみつつ、カイルも頷き返す。

「ご命令とあらば」

「では頼もう。キースにはすでに知らせてあるが、他《ほか》の者達には知らせないように。もちろん、アイリーンにもだ。密談だからな」

心なしか楽しそうに魔王がそう命じた。護衛について半月以上がすぎ、この魔王が意外と世間知らずで鷹揚《おうよう》に振《ふ》る舞《ま》うことを、嫌《いや》というほど思い知らされているカイルは、そっと眉根《まゆね》をよせる。

（まさか、密談という珍しい言葉に浮かれて、ことの重要性がわかっていないんじゃないだろうな……？）

同じことを懸念《けねん》したのだろう、ウォルトがため息まじりに注意する。

「油断しないでくださいよ、クロード様。相手は教会だ。用件も書いてないんでしょう？」

「ウォルト！　そういう疑う姿勢はよくないだろう。和解かもしれないというのに」

「なに。お前、なんか知ってるわけ？」

「そ、そんなわけがないだろう！」

胡乱《うろん》げに見られて、ぎこちなく目をそらした。言えるわけがない。

今回の密談は、ひそかにカイルが送った手紙を司教様――カイルの育て親で恩義のある人だ――が読んで魔王との関係の再構築を考えてくれたからこその提案だ。カイルは内々に司教本人から書簡で『お前の言う通り魔王と話し合いたいので協力して欲しい』と頼まれている。

とはいえ、教会も一枚岩ではない。司教様も一派閥《はばつ》の長《おさ》でしかなく、教会全体の合意ではないため密談という形になってしまった。魔王が怪《あや》しむのも無理はない。カイル達の暗殺命令もまだ撤回《てっかい》されていない。

(だが、魔王側にとっても悪くない話のはずだ)

魔物《まもの》の討伐《とうばつ》といえば皇帝直轄《こうていちょっかつ》の聖騎士団《せいきしだん》が請《う》け負うことで有名だが、それではどても地方に手が回らないので、日常的な魔物退治は教会が請け負っている。教会と和解するということは、そのあたりをどう調整するか話し合いができるということだ。

クロード・ジャンヌ・エルメイアが魔王として生まれて魔物がおとなしくなったのは有名な話だが、それでも魔物の被害《ひがい》がなくなったわけではない。そもそも獣《けもの》と見分けがつかない魔物も多いのだ。人間への害意を捨てない魔物もいたし、逆に密漁する人間に怒《いか》り狂《くる》った魔物から村が襲《おそ》われることもあった。うまく教会と協調がとれれば、そのあたりの問題を効率よく解決していける。

本当に魔物と人間を共存させるのであれば、大切な交渉《こうしょう》だ。そのはずなのだが、魔王からは緊張《きんちょう》も意気込みも見られない。むしろカイルのほうが緊張している。

(もしこの交渉がうまくいかなければ、俺達は――)

ちらりと横に立つウォルトに目をやる。

きっとこの男は、ここにいたいと考えている。だが裏切り者にならずにその願いをかなえるならば、教会と魔王が手を取り合うしかない。いちいちこの交渉に水を差すような物言いをされると、仕組んだカイルがはらはらしてしまう。

「ウォルトの懸念ももっともだが、一応、用件らしきものは書いてあるぞ」

「へえ？　なんですか」

「内緒《ないしょ》だ」

「はあ、そうですか。ま、確かに護衛には関係ない話ですけどねー」

「だがもし和解をあちらが申し入れてくるならば、受けるつもりだ」

視線を戻《もど》したカイルに、クロードが頬杖《ほおづえ》をついて口元を緩《ゆる》める。ウォルトが呆《あき》れた顔をした。

「こないだあれだけ刺客《しかく》をよこされてよくそんなふうに思えますね」

「ウォルト！　お前はさっきから余計なことばかり――」

「お前はこの密談は罠《わな》だと考えているということか？　ウォルト」

クロードの問いかけに、ウォルトは目を眇《すが》めたあと、はあっとため息をついた。

「そう考えるのが普通《ふつう》でしょう。あの刺客共への対処、あなたはずいぶん手慣れてました。あいうことは日常茶飯事《さはんじ》なんでしょう？　つまり、しょっちゅう教会から命を狙《ねら》われてきたわけですよね」

「だとしたら？」

「なら今になって教会が和解なんてありえません。わざわざ罠にはまりにいく必要はないでしょう。あなたの強さは理解しているつもりですが、油断大敵ですよ」

くる。

「大丈夫《だいじょうぶ》だ、お前達が僕を守ってくれる。違《ちが》うか？」

真顔で断言されて、カイルまで固まってしまった。そのあとで妙《みょう》な恥《は》ずかしさがこみあげてくる。

（……この御方《おかた》は、本当に）

信じているのだ。自分たちを。

ウォルトがあらぬ方向を向いて、すねたように答える。

「……ソーデスネ。それで苦労するのは俺達ですけどね」

「それは我慢《がまん》して欲しい」

「自分の行動を戒《いまし》める気はないんですね？」

「ウォルト……言いたいことはわかるが失礼だ」

「色々あるんだろうが、教会はお前達の実家みたいなものだろう。なら、僕は仲よくしたい」

穏《おだ》やかに告げられた理由に、心臓がぎゅっと引き絞《しぼ》られた。

そんなふうに思ったことなど一度もないのに――ああ、でもそう願ったことはあるのかもしれない。逃《に》げ出したいと考えるウォルトも、きっとそうだ。

もし教会が穏やかで優《やさ》しくて愛せるような場所だったら、どんなに幸せだっただろう。ここにいるしかないのだと諦《あきら》めるような、そんな場所ではなかったら。そう思っていることは、確かなのだから。

「……クロード様がそう仰《おっしゃ》るなら異議はありませーん。甘いとは思いますけどね」

「もちろん、僕の許容範囲《はんい》内での話だ」

よくクロードはそう言い置くが、その許容範囲は広い。少なくともカイルは本気で怒《おこ》った魔《ま》王《おう》を見たことがない。

（いや、アイリの正体がばれたときは怒って……いたが……）

わかるようでわからない許容範囲だ。

いずれにせよ、魔王は教会の誘《さそ》いにのってくれるらしい。そこは安心した。

（あとは、司教様とうまく交渉ができればいい）

目の前のこの人に、暗殺などしかけなくてよくなる。ウォルトだってここにいられるかもしれない。

――自分はどうしたいのかは、よくわからないままだけれど。

「ところで持っていくお土産《みやげ》は何にしようか」

「は？　土産……ですか」

賄賂《わいろ》的な何かだろうか。そういう媚《こ》びを売る人物だと思えなかったので、思わず問い返してしまう。

魔王は執務《しつむ》机に密談の日時を書いた紙を投げて、にこやかに言った。

「さっきも言ったが、教会の人間はお前達のご両親みたいなものだろう？　挨拶《あいさつ》をしないとな」

主君のつとめだ――というクロードに、ウォルトとカイルは同時にため息をつく。

今日も魔王はやっぱりどこかずれている。

「あれで大丈夫だろうか……」

「あら、何か心配ごと？」

ひとりごとが漏《も》れてしまったらしい。アイリーンが衝立《ついたて》の向こうから声をかけてくる。
魔王と教会の密談まであと数時間。だが魔王の命令で、それをアイリーンに教えることはできない。
新しく仕立てられたばかりの服に袖《そで》を通し、カイルは衝立の内側から出た。

「いや、なんでもない。──サイズは問題ない、ぴったりだ」

「そのようね。似合っていてよ。わたくしの見立てに間違《まちが》いはなかったわ」

にんまり笑うアイリーンに居心地《いごこち》の悪さを覚えながら、カイルは自分のために用意された衣装を見下ろす。クロードの護衛用にとアイリーンが特注で仕立てさせた服だ。護衛ということとは夜会や社交の場にも顔を出すことになるため、ウォルトと並んだとき対称《たいしょう》になるようドニにデザインさせ用意したらしい。
皇太子の護衛ということで騎士服に近い形になっており、短いがマントまで用意されている。
使われている生地《きじ》も一級品だ。見せるための衣装にカイルは困惑《こんわく》する。

「しかしこういう衣装は、護衛として違うだろう。目立つ」

「目立たせているのよ？　ふふ、クロード様を中心にゼームスとオーギュストも置いたらほぼ系統は押さえたも同然……！　さすが乙女《おとめ》ゲームの攻略《こうりゃく》キャラ、これで今期の夜会はもらったわ」

「……なんの話だ？　とにかく護衛は目立つべきではない」

「何を言っているの。あなた達がかすんでいたらクロード様がひとりで目立つだけでしょう。あなた達も目立ってクロード様を少しでもかすませて頂戴《ちょうだい》。あの方は単品で置いておくと手がつけられないの」

「そ……そう……だな……？」

妙な説得力にのまれてしまった。ずいとアイリーンが近づいてきて、下からすごむ。

「教会のやり方とうちは違うわ。あなたはクロード様の護衛。だからみっともない真似《まね》は許されないのよ。あなたの一挙一動がクロード様の評判にかかわる。わかっていて？」

「……わかっている、つもりだ」

「ならいいわ。クロード様と一緒《いっしょ》にあなた達も表舞台《おもてぶたい》に立つことが多くなるでしょう。色々と振《ふ》る舞《ま》いには気をつけて。特に女性関係」

「女性関係⁉　俺がか⁉」

仰天《ぎょうてん》したカイルに、アイリーンが真顔で頷《うなず》き返す。

「ウォルトは手慣れていそうだけれど、あなたは心配だわ。ころっとひっかかりそうで」

「な、な、な……し、失礼だろう！　俺は、お前より年上なんだぞ」

「わたくしがちょっと着飾《きかざ》ったくらいで口をあけて呆《ほう》けていたじゃないの」

「あれは不意打ちだ！」

真っ赤になって言い返すと、アイリーンが髪《かみ》をはらってはっと笑った。

「あんな程度のゆさぶり、皇都の令嬢《れいじょう》にとったら基本の手練手管よ」

「男だと偽《いつわ》る令嬢が皇都では基本だとでも……!?」

絶対にそれはない。カイルの指摘《してき》はさすがに痛かったのか、アイリーンはこほんと咳払《せきばら》いをしてごまかそうとする。

「それはともかく。わたくしは確かに美人だけれど、絶世の美女というわけではないのよ。見た目にだまされないよう――」

「そんなことはないだろう、お前は綺麗《きれい》だった」

アイリーンがぱちりとまばたいた。

言ってしまってから、カイルはやや斜《なな》めに視線をそらす。

「皇都のご令嬢というものを、俺はよく知らないが。お前はその……美しい、と俺は思う。宝石のようだ」

「……」

アイリーンは両腕《りょううで》を組んでじっと自分を見つめていたが、やがて小さく笑った。

「認識《にんしき》を改めるわ。カイル、あなた実は悪い男ね？ そうやって女性をだますのが手口というわけ」

「失敬な。俺はウォルトのようにいい加減なことはしない」

「あら、ほめているのよ？　素敵《すてき》な口説き文句だったわ、ありがとう」

悪い男と言いながら彼女が心乱れた様子はまったくない。魔王に可愛《かわい》いとささやかれるだけで逃げ出さんばかりにうろたえるくせに。

「基本の護衛用の衣装はこれとして、他《ほか》にもいくつか仕立てるわね」

「まだ作るのか？　無駄《むだ》ではないのか」

「無駄なんてことはないわ。何度も言うけれどあなたはクロード様の護衛。大事な仲間よ」

「……大事な仲間」

聞き慣れない言葉を、思わず繰《く》り返してしまう。アイリーンはそうよ、と笑った。

「アヒルの着ぐるみで結ばれたね」

「……あの一件はなかったことにしたい」

「過去はなかったことにはできないわ。潔《いさぎよ》く未来に向けてたくましく生きなさい」

まるでカイルの迷いを見透《みす》かしたように、アイリーンがそう言い切る。

もし、今日の密談で魔王と教会の関係が変化したら、自分の立ち位置も変わる。

カイルとウォルトへの暗殺の密命を教会側が魔王に告白するかどうかはわからないが、命令が撤回《てっかい》されるならカイルは教会側に戻《もど》る可能性が高い。それに密命内容を知れば、クロードが自分たちを手放したがるかもしれない。

不意をついたように、ちくりと胸が痛んだ。

なんだろうと思ったけれど、深くは考えないことにした。それより目の前の仕事だ。

「カイル、時間だよ。クロード様がお待ちだ」

「……ああ」

「あら、クロード様とおでかけ？　ずいぶん仲良くなったのね」

密談のことを知らないアイリーンが首をかしげる。カイルを呼びにきたウォルトは、笑ってごまかした。

彼女に密談のことを知らせないのは魔王の命令だ。けれど、心の奥底にはカイルの――護衛の、ささやかな誇《ほこ》りと優越感《ゆうえつ》もある。

「うん、いつもの気まぐれなおでかけ。俺達に事前申告《しんこく》してくれるようになっただけマシなやつね」

「完全にあなた達に甘えているわね、クロード様。キース様がぼやいていたわ。ウォルトとカイルを連れていくからいいだろうって最近よく言われるって」

「……俺達は魔王の護衛であっておもり役ではないのだが」

思わずぼやいたカイルに、ウォルトが肩《かた》をすくめて同意を示す。

ふたり並んだ姿を見て、アイリーンが目を細めた。

「ふふ、ふたり並ぶと一層素敵ね」

思わず目を合わせたあとで、ウォルトが茶化《ちゃか》そうとした。

「なら今度デートとかどう、アイリちゃん」

「クロード様を出し抜《ぬ》ける見込みがあるなら、つきあってあげるわ」

「その前に消されるんじゃないのか」

「クロード様はそんなことなさらないわ」

そうだろうか。という疑問は呑《の》みこんだ。多分、ウォルトも。

あの魔王《まおう》は器《うつわ》が大きすぎて、邪魔《じゃま》な存在は物理的になかったことにしかねない。

「そもそもあなた達がいなくなったら、一番悲しむのはクロード様よ。わたくしだってとても困るもの」

そう笑う彼女は気づいているだろうか。

(……そう言って俺達を迷わすお前自身が、悪い女だろうに)

もし密談がうまくいかず、やはり魔王は殺せと命じられたら自分はどうするだろう。

アイリーンの嬉《うれ》しそうな笑顔《えがお》を振り切って、大事にすると言ってくれた魔王の背中に、刃《やいば》を向けられるだろうか。

──そんな今更《いまさら》すぎる疑問など、密談をする屋敷《やしき》に入ってから考えることではないのに。

「土産《みやげ》のシュガークッキーは喜んでもらえるだろうか」

「クロード様……普通《ふつう》そこはこう、絵画とか宝石とか高価なものを用意するもんじゃないですかね……？」

「それでは平凡《へいぼん》だろう」

「あ、一周回ってクッキーが非凡《ひぼん》になるわけですか。うーんその発想はなかった……」

「シュガーがおすすめだと言っていた。異議は一切《いっさい》認めない」

魔王らしい暴虐《ぼうぎゃく》さを発揮しながら、案内されるまま屋敷の応接間に入る。十人は座れるだろう長いテーブルの先にある奥の暖炉《だんろ》では、赤々と火が燃えていた。誰《だれ》もいないがきちんと手入れされている部屋に案内係の少年が通してくれた。

「こちらで、お待ちください」

「わかった」

案内係の少年がさがり、広々とした応接間にはクロードとウォルト、カイルだけが残される。待たされることになったクロードは気を悪くするでもなく、一番奥の席に座り肘掛《ひじか》けに頬杖《ほおづえ》をついて目を閉じていた。しばらく、かちかちと柱時計の秒針が音を立てていたが、待ち合わせ時間を知らせるように鐘《かね》が鳴り始める。

その、瞬間《しゅんかん》だった。

「――!?」

自分の首元に異変を感じて、喉《のど》を押さえる。何が起こったか理解したのは、同じように喉を押さえたウォルトと目があったときだった。

それは、自分達が道具だという証《あかし》。

いざというとき、自爆《じばく》するための魔法《まほう》が〝名もなき司祭〟の首には組みこまれている。魔香《まこう》に冒《おか》された分だけ蓄積《ちくせき》した魔力《まりょく》を爆発《ばくはつ》させ、周囲を吹《ふ》き飛ばす人間爆弾《ばくだん》になる。それが今、強制的に起動した。

足が絨毯《じゅうたん》に縫《ぬ》い付けられたように動かない。柱時計の音に捕縛《ほばく》の魔法でも仕掛《しか》けてあるのだろう。鐘が鳴るたび、指が、腕《うで》が、動かなくなっていく。ただの道具に変わっていく。おそらくウォルトも。

ここへおびき出した魔王を屠《ほふ》るために。

(ああ、俺は司教様に切り捨てられたのか)

必要ならばいつだって使い捨てられる覚悟《かくご》はしてきた。そういうふうに育てられたのだから、そういうふうに死ぬのだろうと思っていた。仲間だってみんな、そうやって死んできた。今更自分だけ逃《に》げるわけにはいかない。

なのに、どうして未練がましく叫《さけ》んだのだろう。

「クロード様、お逃げください！　俺達を置いて、早く——！」

あなたを守るのが仕事なのだから、どうか、最後くらいは。

——ミルチェッタ公国の郊外《こうがい》、人気《ひとけ》のない屋敷が夜の闇《やみ》を一掃《いっそう》するほどの爆発を起こしたのは、その直後だった。

咳《せ》きこんで、呼吸できていることに気付いた。

燃え盛る炎《ほのお》と黒い煙《けむり》が目前であがっている。焼けて崩《くず》れ落ちる屋敷の音が、ばらばらと耳に届く。芝生《しばふ》に膝《ひざ》をついたまま、カイルは胸に手を置き、もう一度息を吸ってみた。

生きている。

「……ックロード様!? ウォルト、どこだ!」

「生きてるよ、死ぬかと思ったけど」

斜《なな》め後ろで手をあげて答えたウォルトは立てないのか地面に尻餅《しりもち》をついたままだ。カイルも全身の虚脱《きょだつ》感がひどい。

「どうして生きてるんだ……俺達は処分されたのではないのか」

口にしてから重みが増した。自分達は魔王に対する人間兵器として切り捨てられたのだ。使い捨てられるとも知らず、魔王をおびき出すために使われ、挙句の処分だ。

(こんなことになるはずでは、なかったのに)

考えて、ふと自嘲《じちょう》した。自分は道具であることも忘れて、いつの間にか魔王側と教会側が手を取り合う未来や、魔王を殺さずにすむ希望を持っていたのだ。

その結果が、この惨状《さんじょう》だった。

「魔王様が助けてくれたんでしょ」

ウォルトの気楽な言葉にずっしりと胸が重くなった。

「それにしても最悪。あの自決用の魔法、強制的に発動できるなんて聞いてないよもー」

「……ウォルト。お前は、平気そうだな」

「いや、全身だるいけど。正直よく生きてるなって感想」

「そうではなく! 俺達は処分されたんだぞ! これからどうすれば——」

「やっと自由だ」

じゆう、とただ口の中で繰り返してしまった。

そんなカイルに、ウォルトがせいせいとした顔で笑う。

「お前もだろ、カイル。ざまあみろ」

「ど、どういう意味だ」

「これでもう、教会のためになんておべんちゃらは使えなくなる。俺はお前のそういうところがむかついてしょーがなかったんだよね。ま、ぐずぐずしてたのは俺も一緒《いっしょ》だけど」

ごうごうと派手に燃える屋敷を見ながら、ウォルトが言う。

「もうこれで教会に縛《しば》られなくていい。なら、俺は魔王様に仕えるよ」

「……」

「お前はどうする」

「……俺は、教会の人間だ。それ以外、生き方を知らない」

「魔王様に逃げろって叫んだのに？」

そう、あの一瞬《いっしゅん》。

本当に教会のことだけを考えるなら、そんなことを願ってはいけなかった。縋《すが》りついてでも、自分の暴発に魔王を巻きこんで、殺そうとするのが正解だった。

でも、正解をつかめなかった。

「……アイリが……泣くだろうか、と思って」

「どっちかって言うと怒《いか》り狂《くる》って俺達が殺されそうじゃない？」

「あとは、最後の最後くらい……」

本当の護衛になれたなら。

この日々が全部全部、本物なら。

そういつだって願っていた。自覚もしないまま。

ぼたぼたと涙《なみだ》が溢《あふ》れ出た。ぎょっとウォルトが引く。

「え、嘘《うそ》ここで泣くかフツー!?　やめろよーヤローに泣かれたって嬉しくないっての」

「クロード、様は」

もう記憶《きおく》もないほど久しぶりに泣いたせいか、うまく息継《いきつ》ぎができない。

「俺を、許してくださるだろうか。今更だと、思われないだろうか」

「……さあ？」

「そこは大丈夫《だいじょうぶ》だと言え！」

「お前ほんと意外とめんどくさいな!?　っていうかその前にクロード様どこいったんだよ、まさか爆発に巻きこまれたとかないと思うけど――」

「呼んだか？」

ぽっと突然《とつぜん》目の前に出てこられて絶叫《ぜっきょう》しそうになった。一気に涙が引いたカイルの横で、ウォルトが目を細める。

「……何持ってるんですか、それ。まさか」

「クッキーのお土産《みやげ》だ。お前達を助けて外に出たのはいいが忘れてしまってな。屋敷《やしき》に取りに戻《もど》っていた。見ろ、ちょっと燃えたが無事だ」

「燃えてる屋敷に戻るとかアホですか！　何かあったらどうするんです！」

「僕に何か起こるとでも？」

ああもう、と顔を覆《おお》うウォルトの横で、カイルは静かに答える。

「クロード様がご無事であれば、御身《おんみ》に何が起こってもいいという話ではありません。危険な行動はお控《ひか》えください」

クロードは黙《だま》っている。余計な意見かと懸念《けねん》したそのとき、そのクロードの足下《あしもと》で小さな花がいくつも咲《さ》くのが見えた。

不思議に思って顔をあげると、クロードが穏《おだ》やかに口元をほころばせる。

「護衛というのは心配性《しょう》だな」

「それが仕事ですので」

答えるウォルトはもうクロードに忠誠を誓《ちか》うと決めている。この男はいつだってカイルの先を行くのだ。

（俺もいい加減、認めねば）

ぐっと拳《こぶし》を握《にぎ》り、疲弊《ひへい》した体で跪《ひざまず》く。頭をさげ、地面に落ちた濃《こ》い影《かげ》を見つめながら。口を開いた。

「クロード様、お話があります」

「俺はあなたの暗殺を教会より命じられていました。今回の密談を教会側に働きかけたのも俺です。……まさか俺達自身があなたへの武器に使われるとは思いませんでしたが」

喉《のど》を指先でかすめて、自嘲気味に笑ってしまう。

「ですが、あなたを危険な目に遭《あ》わせたことに違《ちが》いはない。すべて俺だけの責任です。ウォルトは関係ない」

ウォルトがとがめるように名前を呼んだが、かまわずに続けた。

「ですのでどうか、処罰《しょばつ》は俺だけに」

「今回の教会の狙《ねら》いは僕ではない。お前達ふたりだ」

断言され、さげていた頭をあげた。

「教会はお前達の持っている情報や知識を僕に知られたくなかったんだろう。それにお前達が優秀《ゆうしゅう》な護衛だと、教会自身が知っている。むざむざ僕のもとに置いておくはずがない」

「……たとえ、そうでも。俺が裏切っていたという事実は――」

「だがお前は、教会に和解をすすめて、僕を助けようとしてくれた」

唇《くちびる》を噛《か》む。どう答えたらいいのか迷っている間に、穏やかな声音《こわね》が自分を許してしまう。

「今回はうまくいかなかっただけだ。そう気に病《や》まなくていい。元々、お前達を無理に教会から引き抜《ぬ》いたのはアイリーンだ。行き違いは多少ある」

「暗殺命令に爆破《ばくは》って多少の行き違いですむんですかねー……いいけど」

「それに、僕を暗殺するよう教会に命令されていたのはウォルトから聞いている。内緒《ないしょ》で」

は、と空気の抜けた声を出した瞬間《しゅんかん》に、ウォルトがクロードの胸《むな》ぐらをつかんだ。

「内緒だってふつーにばらしてどうするんです……⁉」

「カイルを教会から守ってくれるなら僕に忠誠を誓うと、洗いざらいしゃべってくれた」

「だからべらべらとしゃべるのやめません⁉　内密にって言いましたよね俺⁉」

「ウォルト、お前……」

ふらつきながらも、なんとか立ちあがる。するとウォルトがふいと横を向いた。

「俺はお前を出し抜いてやりたかっただけだから」

「僕はその話を聞いてとても悲しかった」

「⁉」

いきなり話が急展開して、ウォルトと一緒にぐるんとクロードのほうに向き直ってしまう。

クロードは、まったくそうは見えないが――多分、しょんぼりと肩《かた》を落としていた。

「僕に忠誠を誓いたくて誓ってくれないのかと」

「さらっとものすごい重たいこと要求してきましたね⁉　いやクロード様、何かしてくれたらお仕えしますって普通《ふつう》ですよ？」

「僕は何かしないと仕えてもらえない、そんなに魅力《みりょく》のない主君だろうか……」

無償《むしょう》の忠誠なんてありえないものを要求されているのだが、端整《たんせい》な眉《まゆ》がハの字によるとすさまじい罪悪感と焦《あせ》りがこみあげる。魔王《まおう》の美貌《びぼう》は罪作りだ。

「ウォルト！　お前、クロード様に謝れ……！」

「いやお前も謝れよ！　っつーか魔王様、たまにほんと子どもっぽいな……！　アイリちゃんの前だとかっこいいくせに」

「それは当然じゃないか？」

涼《すず》しい顔で言われて、ウォルトとふたりでうなってしまった。

（というか完全に遊ばれているな、これは……）

そう気づくと、なぜだかすべてが馬鹿馬鹿《ばかばか》しくなってきた。

この人はきっと、自分たちの抱《かか》えた罪悪も苦悩《くのう》も、全部まるごと受け止めるのだろう。

そういう主君だ。

「さて、ふたりとも。僕に聞いて欲しい話はそれだけか？　僕は話を聞く王でありたい」

最初に護衛の話を持ち出されたときも、同じことを言われた。ウォルトと顔を見合わせ、並んでその御前《ごぜん》にひざまずく。

まだ燃え続ける炎《ほのお》は、まるで地獄《じごく》の業火《ごうか》のように美しい。

「ウォルト・リザニス。お約束通り、御身に忠誠を誓います。この命、長く大切に使ってくださいよ」

「――カイル・エルフォード。同じく忠誠を誓います。今度こそ、俺自身の意思で」

「いいだろう」

ぱちんと指を鳴らす音が聞こえたと思ったら、炎が燃えあがる屋敷が消えた。

いや、消えたのではない。移動したのだ、自分達が。

ほうほうと聞こえるフクロウの声。石畳《いしだたみ》に舗装《ほそう》された道。見上げるほど高い、けれど見慣れた鐘楼《しょうろう》。

教会の大聖堂だ。

聖剣《せいけん》の乙女《おとめ》の像が、魔王を見下ろしている。

「教会からの招待状にはこう書いてあった。『ウォルトとカイルの処遇《しょぐう》について話がある』と」

初耳の情報に目を丸くするウォルトとカイルに、焦《こ》げた土産《みやげ》を片手に持った魔王が背を向ける。

「きちんとご挨拶《あいさつ》せねば。礼を失してはならない」

赤い瞳《ひとみ》がきらめく。瞬間、鐘楼のてっぺんめがけて稲妻《いなずま》が落ちた。


密会場所に指定した屋敷が炎に包まれたという報告に、会議室の緊張《きんちょう》がほっと緩《ゆる》んだ。

ミルチェッタ公国内の司教達が一堂に会する部屋で、銀の燭台《しょくだい》が揺《ゆ》らめき、聖職者たちの影を伸《の》ばす。

「では魔王はどうなった？」

「そちらはわかりませんが、ウォルトとカイルは確実に処分されたでしょう。すさまじい爆発《ばくはつ》でしたので」

「そうか……しかしあれほどの逸材《いつざい》を育てるのにまた何年かかるか」

「だからこそ、魔王のそばに置くわけにはいきますまい。あのふたり自身、知りすぎている」

「おやおや、情のないことだ。カイル・エルフォードはあなたが自ら育てておられたんでしょう。エルフォード司教」

わざわざここまで様子見にやってきた隣《となり》の司教の皮肉に、ゆっくりと笑《え》みを深めた。

「教会のためです。あの子だとて理解しているはずですよ。そう育てたのだから」

それに彼はもう、十分に役立ってくれた。ゆっくりとほくそ笑む。

(これで私が枢機卿《すうききよう》になる話は、滞《とどこお》りなく進む)

優秀な〝名もなき司祭〟を育てた功績だけではなく、それを手駒《てごま》にすることでさらに高い地位にのぼりつめた。

ウォルトの後見であるリザニス枢機卿は昔から後見とは名ばかりでウォルトを放置しており、〝名もなき司祭〟のひとりとしてしか扱《あつか》ってこなかったため、今回の問題が責任問題になる可能性は低い。今夜の件も教会の規則にのっとって処分すればいいと、処分結果を確認《かくにん》するそぶりもなかった。

だが自分はカイルを手駒にするため、息子《むすこ》のように扱ってきた。もし魔王にカイルを使われでもしたら責任問題になる。ここまで築いた地位が一気に崩《くず》れ落ちる。それだけはさけなければならなかった。

それにあと、カイルは使えて、二、三年程度だった。

〝名もなき司祭〟の寿命《じゅみょう》は平均して二十歳《はたち》、長生きできてせいぜい二十五歳前後だ。それも後半は正気を失って使い物にならなくなる。過剰《かじょう》な魔香《まこう》の摂取《せっしゅ》の代償《だいしょう》だろう。

もろもろの事情を換算《かんさん》すれば、教会に害をなす前に処分してしまうのが正解だった。

もちろん、惜《お》しむ気持ちはある。

大事に育てた、優秀な道具だった。魔王にさえ目をつけられなければ、もう数年使えただろうに――そうため息をついたそのとき、雨も曇《くも》りもない空に稲妻が走り、衝撃《しょうげき》が落ちた。

「な、なんだ？　落雷《らくらい》か？」

「どこに落ちた」

「みなさん、落ち着いて。ただの雷《かみなり》で――」

頭上に光が落ちた。爆音《ばくおん》と一緒《いっしょ》に、大聖堂のアーチが吹《ふ》き飛ぶ。爆風《ばくふう》が燭台の蠟燭《ろうそく》の火を一気に吹き消した。

「夜分に失礼する」

ごうごうと鳴る風の中で、声が響《ひび》いた。

しびれる鼓膜《こまく》にもよく通る声だ。かすむ瞳を開く。半壊《はんかい》した天井《てんじょう》から黒髪《くろかみ》とマントをなびかせて、降りてくる人物がいた。聖職者たちが着席している長机にかかった真っ白なテーブルクロスが、土足で踏《ふ》みつけられる。

雲一つない夜空の稲光《いなびかり》に、煌《きら》めく赤い瞳。

「魔王……！」

「なぜ、ここに」

「私の護衛の処遇について話があるというので待っていたのだが、待ち合わせ場所の屋敷《やしき》が爆発してしまったので、こちらに直接お邪魔《じゃま》することにした」

「カイル……ウォルト・リザニス……！」

その魔王に続いてテーブルの上に立った人物の名を思わず呼ぶ。

どうしてふたりとも生きている。だが、魔王はそんな凡人《ぼんじん》の疑問に答えず、周囲をぐるりと見回した。

「エルフォード司教はどなただろうか」

ひっと喉《のど》が鳴った。それが聞こえたのか、魔王が長机の上をまっすぐ歩いてくる。

銀の燭台が倒《たお》れ、テーブルの上にあった食器が落ちて割れる。魔王が歩くたび、その両脇《りょうわき》の席につく司祭や司教が腰《こし》を浮《う》かせ、あるいは腰を抜《ぬ》かして尻餅《しりもち》をついた。魔王はそんなものに一切《いっさい》目もくれない。

そして上から、自分を見下ろした。

「ご挨拶が遅《おく》れてしまって申し訳ない。これはつまらないものだが、もらっていただこう。おすすめだ」

魔王の手からふわりと焦げた箱が浮く。拒《こば》むまもなく、その箱は立つこともできないエルフォード司教の膝《ひざ》の上に落ちた。

「ところでカイルとウォルトだが、なぜか突然《とつぜん》爆発しそうになったので、教会がかけていた魔《ま》法《ほう》を書き換《か》えておいた。教会でも魔法の記述を間違《まちが》うなどということがあるのだな」

「ま、間違い……？」

「まさか私の護衛を無断で爆発させようとしたりするわけがないだろう？」

かっと魔王《まおう》の背後で稲光が光る。逆光で表情が読めない。ただ赤い瞳が笑って見える。

「それで本題なのだが、カイルとウォルトを改めて私にくれないだろうか？」

「……」

「わかっている。だが、彼らを〝名もなき司祭〟から除籍《じょせき》していないのは困るな。もちろん教会は彼らの実家のようなものだと思っている。里帰りもさせよう。自由に教会に出入りもさせてやって欲しい」

「……な、ん──」

「ありがとう。あなたはカイルを慈《いつく》しんでくださったと聞いている。気にしなくていい、こちらがすべき当然の配慮《はいりょ》だ。ただ、彼らの命令権と命は私のものだと覚えておいてくれ」

そんなことを許可すればただの間諜《かんちょう》だ。そう言いたいが、圧を増した魔王の赤い瞳に舌がもつれて動かない。

「わかっていただけて嬉《うれ》しい。安心してくれ、カイルもウォルトも大事にする」

「……一応つっこんどきますけど、クロード様、さっきから会話になってませんよー……」

「私には心の声が聞こえている。それともまさか拒否《きょひ》するのか？」

瞬間《しゅんかん》、再度雷が落ちた。そのまま立て続けに、建物の周囲を囲むように稲妻が走り続ける。

目の前の魔王が、平然とひとりごちた。

「ああ、今日は変な天気だ。早くおさまればいいのだが」

悲鳴や椅子《いす》から転がり落ちる音があちこちから聞こえた。だが魔王はまるで何も聞こえていないかのように、ただ返答を待っていた。

この周囲が焼け野原になっても、同じ顔をして、返事を待つのだろう。

腹を決めたのは、その瞬間だった。

「お……仰《おお》せの、ままに」

「いい育て親を持ったな、カイル」

魔王から視線を動かすと、カイルは一瞬《いっしゅん》だけ瞳を細めた。が、すぐに目を伏《ふ》せて、答える。

「ご理解くださって有り難《がと》う御座《ござ》います、司教様。安心してください。俺はクロード様に誠心誠意、お仕えします」

「……カ、イル……お、お前、死に損《ぞこ》なったうえに私を裏切るのか⁉　今まで育ててやった恩も忘れて！」

カイルが答える前に、雷がまっすぐに目の前に落ちた。

一瞬で心臓がすくみ、喉が干上《ひあ》がる。おそるおそる見上げた魔王が、初めて笑った。

「こんな言い方をすると傲慢《ごうまん》だと言われそうだが——私はいつまで立たされたままでいなければいけない？」

魔王が見ている椅子は、この場で一番高位の者が座る場所。

今、自分が座っているこの椅子だ。

それを自ら譲《ゆず》れと、その赤い瞳が語っている。いや、譲らないわけがないと笑っている。

ぐっと拳《こぶし》を握《にぎ》った。震《ふる》える唇《くちびる》で、応じる。

「――失礼しました。こちらへ、どうぞ」

「ありがとう」

エルフォード司教から椅子を譲られた魔王が、ゆったりと腰かける。テーブルから飛び降りたウォルトとカイルがその両脇をそれぞれ陣取《じんど》って立った。

「さあ、色々話そう。私は教会と仲よくしたいと思っている、私の許容範囲《はんい》内で。そうだ、リザニス枢機卿にもあとでご挨拶《あいさつ》に行かねばな。先触《さきぶ》れを出しておいてくれ」

魔王の言葉に、それぞれが息を呑《の》んだり顔を見合わせたりする。

エルフォード司教はうなだれ、拳を握った。リザニス枢機卿も同じように巻き添《ぞ》えになるのが、せめてもの救いだろうか。いやそれで終わるわけがない。

教会の夜は、まだ明けそうになかった。


「いったい何があったのか説明してくださいませ、クロード様」

そう言って主《あるじ》の婚約者《こんやく》が両腕《りょううで》を組んで仁王立《におうだ》ちした。

素知らぬ顔で、主はとぼける。

「なんの話だ？」

「昨夜《ゆうべ》！　いきなり郊外《こうがい》の屋敷が爆発《ばくはつ》した話と、なぜかミルチェッタの教会の大聖堂にのみ雷が落ちまくって半壊した話です！」

「それは大変だ。お見舞《みま》いに行かなければ」

真面目《まじめ》な顔で応じたクロードの斜《なな》めうしろで、ウォルトは噴《ふ》き出しそうになるのをどうにかこらえる。逆方向に立っているカイルが涼《すず》しい顔をしているのだから、自分がぼろを出すわけにはいかない。

ばんと音を立てて執務《しつむ》机を両手でたたき、アイリーンがクロードのほうへ身をのり出した。

「クロード様でしょう」

「キース、お茶を淹《い》れてくれ。アイリーンがきているんだ、仕事はやめよう」

「だめです、その書類はすべて今日中です」

「……」

「今日中です」

「その書類の前にクロード様！　説明してくださいませ、事と次第《しだい》によってはわたくし怒《おこ》りましてよ！　何がありましたの。まさかウォルトとカイルに何か」

「アイリーン」

上半身のり出しているアイリーンに、クロードも椅子に座ったまま身をのり出し、ささやく。

「怒る君も可愛《かわい》い。だが、僕以外の男性に気を取られるのは駄目《だめ》だ」

「だっ……誰《だれ》もそんな話はしてません!!」

声をひっくり返しながら、アイリーンが執務机の前から一気に壁際《かべぎわ》まで逃《に》げ出した。

真っ赤なのは怒《いか》りか恥《は》ずかしさか、ウォルトにはわからない。だが半泣きになっているあたり、彼女はそもそもこういうことが苦手なのだろうとはわかった。

(魔王様も人が悪いね、わかっててやるんだから)

それでも踏《ふ》ん張って策を巡《めぐ》らせるのがアイリーンの可愛いところなのだろう。キッとにらまれて、ウォルトも悪い気はしない。

「ならいいです。ウォルト、カイル、あなた達が説明して!」

「変な天候に見舞われるとか、教会も災難だよね」

「局地的に雷《かみなり》が落ちることはままあるらしいな。おそらく建物の構造によるのだろう」

「クロード様の味方をする気!? キース様、なんとかおっしゃって!」

「長年クロード様に仕えてると突然雷が落ちたくらい気にならなくなっちゃうんですよねえ」

しらっとした回答に、アイリーンが悔《くや》しそうな顔をした。

ひそかにウォルトはキースの対応に舌を巻く。キースはクロードが教会に呼び出され、ウォルトとカイルを連れて密談へ向かったことしか知らない。だが事情を聞こうともしないあたり、すでに情報をつかんでいるか、些細《ささい》なことだと切り捨てているのだろう。

「そう……そろいもそろって昨夜は何もなかったとおっしゃるのね……！」

アイリーンが両の拳を握って震えている。キースの出した紅茶を一口飲んでから、クロードが言った。

「そんなに昨夜の僕が気になるなら、今夜から僕の寝室《しんしつ》に訪ねてくるといい」

「もういいですわかりました！　好きになさったらいいんだわ」

ふんとそっぽを向いてきびすを返したアイリーンは、そのまま執務室を出ていってしまった。閉じられた扉《とびら》が、ばたんと勢いよく音を立てる。首をすくめてそれを聞いたあと、カイルがこっそりと耳打ちした。

「……いいんですか？　クロード様。怒らせてしまったのでは」

「そうだな。僕のことで頭がいっぱいに違《ちが》いない。むきになって僕のことを調べまわるのだろうと思うと、愛《いと》しさで胸がはずむ」

「本気で言ってるよタチわるっ」

「それでもこの仕事は今日中ですからね、我が主」

「……」

決してぶれない従者にクロードは嘆息《たんそく》した。

「お前達も早く婚約者を見つけるといい。そうしたら……」

ふとクロードはまばたいた。ろくでもないことを思いついたに違いないと、ウォルトはカイルと身構える。

「……僕が結婚式《けっこん》に参列できるじゃないか。楽しそうだ。早くふたりとも結婚するといい」

「そんな理由ですか⁉」

「しかもろくでもないお祝いとか持ってきますよね、絶対……」

「この仕事を今日中に終わらせたら、このふたりが一刻も早く結婚式できるよう考えますよ、我が主」

「本当かキース」

「いやちょっとキース様、待ってくださいよそんな理由で俺達の人生決めないで！」

「そもそも相手がいません！」

「適当につかまえてすぐ別れるのはどうだ？　僕は離婚《りこん》の相談にものりたい」

「護衛はおもちゃじゃありません、クロード様……」

頭痛をこらえるような顔でうなっているカイルの横で、ふとウォルトはひらめいた。

やっと仕事をする気になったのか羽根ペンを取ったクロードに、にんまりと笑いかける。

「クロード様、俺達より早く結婚式を挙げそうな相手、身近にいますよ。アイザックとレイチエルちゃんです」

羽根ペンを持ったままクロードがこちらを向いた。同時に執務室にいけてあった花瓶《かびん》の花が一斉《いっせい》に生長しだす。まるで春の訪《おとず》れだ。

「それは応援《おうえん》しなければいけないな。ぜひ僕が相談にのろう」

「あのふたり、そんな仲だったのか？」

「カイルお前にぶい。見てたらわかるだろー？　まだレイチェルちゃんの片思いっぽいけど、魔王様《まおう》が応援するなら百人力だね！」

「キース、何かいい案はないか」

「この仕事が終わったら考えて差しあげますよ」

「……どうしても今日中か」

眉《まゆ》をひそめたクロードに、キースは笑顔《えがお》で頷《うなず》き返した。

「今日中です」

「身近な人の幸福がかかっているというのに……」

「何言ってんですか、アイリーン様に近い男を手っ取り早く処分したいだけのくせに」

「キース……お前は何か誤解している。僕はそれと同じくらい、誰かの結婚式にも招待されたいんだ」

威張《いば》って言うことかと思ったが、出てくるのは脱力《だつりょく》した笑みのみだ。

（結婚式、ねえ……俺もまともに参列したことないけど）

アイザックとレイチェルより、クロードとアイリーンが結婚するほうが早いだろう。だとしたら、初めての結婚式の参列は自分の主の式ということになる。

きっとその日もウォルトはこの人を護《まも》っているのだろう。そしてこの人が護るアイリーンの花嫁姿《はなよめすがた》を、切ないようなさみしいような、けれど誇《ほこ》らしい気持ちで見るのだろう。

（うん、悪くないね）

そういう未来が描《えが》けるなんて、昨日までは考えられなかったのだから。

「そういえばウォルト、カイル。体調はどうだ？　お前達のことだ、すぐ馴染《なじ》むと思うが」

「……なんの話ですか？」

「言っただろう。昨夜、お前達が教会にかけられていた魔法《まほう》を書き換《か》えたと」

そういえばそんなことを聞いたような聞かなかったような。

嫌《いや》な予感に身構えるウォルトとカイルに、さわやかに魔王は言った。

「僕がお前達を呼び出したいときはいつでも伝わるよう、特別な鈴《すず》の音が聞こえるようにしておいた。これでお前達を朝昼晩二十四時間いつでも呼び出すことができる」

「は!?　なんでそんなわけのわからんことするんです!?」

「さみしいときに君たちを呼べれば便利だろう」

「あんたほんとに護衛をなんだと思ってるんだ!!」

「今すぐはずしてください！」

「なぜ？」

尋《たず》ねられて答えにつまってしまった。答えを間違《まちが》ったら怖《こわ》い気がする。

たっぷり数秒黙《だま》りこんでいる間に、キースが笑いをかみ殺している。それではっとカイルが顔をあげた。

「……そ、そうです。キース様はその魔法、つけておられるのですか!?」

「キースは呼ばなくてもくる。むしろくるなと言ってもくる」

すねたような言い方に、ふと正解がひらめく。

ため息をついて、なんでもないことのようにウォルトは言った。

「──あのねえ、クロード様。俺達だって呼ばなくたってきますよ」

だって護衛なのだから。

カイルも呆《あき》れた顔でつけたした。

「あなたの御身《おんみ》を守るのが俺達の仕事ですので」

「……。そうか？」

「そうです」

そろって頷き返したふたりに、クロードがもう一度、そうかと繰《く》り返した。

キースが小さく正解と返す。ほっとしたあとで、カイルと思わず目配せをしあった。

魔王様の護衛になる道のりは長い。きっとこれからも数多《あまた》の苦難が待ち受けているだろう。

だが自分で未来を選択《せんたく》できたことは紛《まぎ》れもない幸福だった。

逃《に》げ出したい、いつかきっとどこかへ。

もう、そんなふうには思わない。

「ならいつでも僕と会話ができる魔法に書き換えよう」

「「やめてくださいお願いします」」

──たぶん、きっと、おそらく。

◆乙女《おとめ》ゲームの世界なので、バレンタインはあります◆

よく考えたらカカオは貴重なはずではなかったか、と甘ったるいチョコレートのにおいが充《じゅう》満《まん》するドートリシュ公爵邸《こうしゃくてい》の厨房《ちゅうぼう》でアイリーンはふと思った。

つまり、チョコレートも貴重品だ。本来なら上流階級の人間くらいしか手に入れられないもののはずなのだが、庶民《しょみん》にまでバレンタインデーが広まっているとは一体どういうことか。

(恐《おそ》るべし、乙女ゲームの世界)

理屈《りくつ》はともかく、そういう習慣があるのだから仕方ない。そうなると楽しんだもの勝ちである。大体、アイリーンだとて前世の記憶《きおく》なんてものが戻《もど》る前は、当たり前の行事としてこなしていたのだ。今更《いまさら》疑問を持つのも馬鹿馬鹿《ばかばか》しい。

「アイリーン様。準備万端《ばんたん》ですね」

「ええそうねレイチェル」

二人の目の前に広がるのは、チョコレートの山。アイリーンとレイチェルの力作が勢揃《せいぞろ》いだ。自分の作ったトリュフを厚紙の小さな箱や紙コップに入れて、それをまた大きな籠《かご》に入れたらさあ出陣《しゅつじん》だ。今年は人数が多い。

アイザック達古株の仲間はもちろん、アヒル戦隊の仲間も増えた。ベルゼビュートやキースにも用意するのは当然のこと。

（だってわたくし、クロード様の婚約者《こんやく》ですもの！）

今年は相思相愛の婚約者と初めて楽しむバレンタインだ。気合いも入る。

そしてレイチェルのことも忘れてはいない。二人で作った小さめのハート形のチョコレートケーキは、女子だけの最後のお楽しみにする予定だ。

「皆《みな》に配り終えたあとで、一緒《いっしょ》に食べましょうね」

「はい、アイリーン様」

「そういえばレイチェル、あなたアイザックの分は？　それ全部、本命に見えるけど義理チョコじゃ……」

レイチェルが用意しているチョコレートは、ものの見事に同じものばかりだ。一つ一つ丁寧《ていねい》にラッピングされており、どれも本命チョコに見えるのだが、全部数も大きさも同じである。

ああとレイチェルは微笑《ほほえ》んだ。

「そんな、アイリーン様。私とアイザックさんはそんなんじゃないんですよ」

「それはそうかもしれないけど……」

「だからみんなと同じチョコでいいんです。それにアイザックさん、私の気持ちを察してるみたいで……」

アイザックは観察眼が鋭《するど》い。それはあるかもしれないと考えこんだアイリーンの前で、レイチェルが唇《くちびる》だけで笑った。

「だから本命がくると警戒《けいかい》してる今、どう見てもみんなと同じ義理チョコをわたして惑《まど》わせるのが効果的です」

さすが2の悪役令嬢《れいじょう》。意外と純情なアイザックが巧妙《こうみょう》な恋《こい》の罠《わな》に落ちる日も、そう遠くなさそうである。

レイチェルと別れたアイリーンがまず向かったのは、聖騎士《せいきし》団《だん》の入団試験の勉強で死んでいるオーギュストと、それを指導しているゼームスのもとだった。

「だからお前はどうして間違っていることを覚えているくせに正解を覚えないんだ！」

「だって頭に入らないんだよ！　駄目《だめ》だ死ぬ……もう駄目だ、俺は駄目だ……」

「ふふ、休憩《きゅうけい》にしない？　二人とも」

部屋をのぞきこんだアイリーンに気づいて、オーギュストがぱっと顔をあげた。

「チョコのにおいがする……ひょっとしてバレンタイン⁉」

「正解」

「やったー！　休憩しようゼームス！」

「お前な……」

「いいじゃないの。糖分を補給すれば効率もあがるわよ」

そう言ってアイリーンは一つずつトリュフを二人の前に置いた。小さな箱に入ったトリュフにオーギュストが目を輝《かがや》かせる。

「すげっ手作りだ！」

「二人ともまだ付き合いだして一年目だから一つだけ。来年は二つよ」

「子どものお菓子《かし》か。まあ、これならクロード様ににらまれることもないだろう」

ぽいとトリュフを一つ口に放《ほう》りこんだゼームスに、アイリーンは笑う。

「あら、クロード様にきらわれたくないのね？」

「……ッ別に、そういうわけでは」

「ゼームスは魔王《まおう》様のことすっごい好きだもんな！」

「オーギュスト、お前この問題集今日中に終わらせろでないと殺す」

「えっなんで⁉」

「しょうがないわね。可哀想《かわいそう》なオーギュストにはサービスしてあげるわ。はい、あーん？」

オーギュストはきょとんとしたあと、アイリーンの指先からトリュフをつまみ取る。

まばたきするアイリーンの前で、にっと笑った。

「俺、そういうのは両思いの女の子にやってもらうから」

「――いいわね、素敵《すてき》だわそういうの。でも女の子をたぶらかしては駄目よ？」

「そんなの俺ができるわけないじゃん」

「……どうだか」

呆れたようにつぶやいたゼームスはきっと正しい。

オーギュストは『聖と魔《ま》と乙女のレガリア2』のメインヒーローで、聖騎士になるはずだった人物である。恋愛《れんあい》がらみの騒動《そうどう》を起こすことなく、可愛《かわい》くて素敵な彼女でも見つけて欲しいのだが、難しそうだ。

「じゃあわたくしは他《ほか》もまわらないといけないから」

「ん、いってらっしゃい」

「……クロード様をあまりわずらわせるなよ。そわそわしてらっしゃる」

心配性《しょう》なゼームスには笑顔《えがお》だけ返しておいて、アイリーンはきびすを返す。

それを見送ったあとで、オーギュストがぼそりと尋《たず》ねる。

「ずっと聞きたかったんだけどさー、ゼームスってアイリのこと好きだったりする？」

「魔王に喧嘩《けんか》を売るほど子どもじゃない」

「うっわあれだけ魔王様に反抗《はんこう》してたくせによく言う……」

「うるさい。そういうお前はどうなんだ」

「んー……どうなんだろうな。好きってことなのかな。でも違《ちが》う気もする」

「……とりあえず面倒《めんどう》な女にはひっかかるなよ、助けないからな」

オーギュストはぽいともらったトリュフを放《ほう》りこむ。

いつかチョコレートが甘いだけの日はくるだろうか。

廊下《ろうか》に出てすぐ、曲がり角で出会ったのはジャスパーだった。

「ちょうどよかったわ、ジャスパー。あなたとの付き合いは……四年目ね。はい、チョコ四つ」

「お、バレンタインか。いや嬉《うれ》しいねえ、もうこの年になるとこんなイベントもほど遠くなっちまうからなあ」

ははは、と笑うジャスパーにアイリーンはつい言ってしまった。

「あなた、誰《だれ》かいい人はいないの？」

「オジサンは若い頃《ころ》の心の傷が癒《い》えてないいんだよねえ」

「よかったら紹介《しょうかい》するわよ、というのは――余計なお世話のようね」

ジャスパーの瞳《ひとみ》の中に見て取れた哀惜《あいせき》の色に、アイリーンは瞳を一度伏《ふ》せる。

そこそこに長い付き合いだ。何も語られなくてもわかるものはある。

「……一つだけ聞いていいかしら？　あなたにそんな心の傷を負わせた悪い女はどんな人？」

「そーだなあ。アイリーンお嬢様《じょうさま》に似てるかも？」

「なら美人ね」

おどけたジャスパーに合わせて、アイリーンも笑い返す。

ぱくりとジャスパーが一つ、トリュフを食べたのを見て、一歩下がった。

「他にもまだ配らないといけないから行くわね。味わって食べて頂戴《ちょうだい》」

「お嬢様、一つ警告しとくけどな。魔王様だけは怒《おこ》らせるなよ」

「クロード様はそんな心の狭《せま》い方ではなくってよ」

ふふんと笑って、手を振《ふ》り、廊下の奥へと向かう。

トリュフを一つ、人差し指と親指でつまんで、ジャスパーはつぶやいた。

「……あと十歳若かったらなあ、とは思わないでもないけど……魔王様だもんなー。勝負にならんねーわ」

それに十歳若くても、自分は同じ選択《せんたく》をしただろう。

だからきっとあの人へ向けたのと同じように、アイリーンの幸せを願っている。


ここになら誰かいるだろうと当たりをつけて覗《のぞ》いた会議室には、珍《めずら》しい二人組がいた。

「ドニにアイザック？　二人きりで珍しいわね。何をしてるの」

「アイリーン様！　えっとですね、魔王様のお城の増改築についてアイザックさんに説明してるんですよ」

「そう。ちょっとお邪魔《じゃま》してもいいかしら」

「ドーゾ」

投げやりなアイザックの返答をもらってから部屋に入る。大きな机に広げていた図面をドニが素早《すばや》く丸めて片づけた。

「ちょうどお茶があるので、アイリーン様もどうですか？」

「いいわよ、気を遣《つか》わなくて」

「ついでだから大丈夫《だいじょうぶ》です！　アイザックさんがさっきから使い物にならなくて休憩しようかって思ってたところなんですよ」

「あら、どうかしたのアイザック？」

「別に」

言葉とは裏腹に、机に頬杖《ほおづえ》をついたアイザックはとても機嫌《きげん》が悪そうだ。

机の隅《すみ》にすでに用意されていたお茶をぱぱっと用意し、ドニに手渡《てわた》される。冷めかかっているが、ふわりとハーブのいい香《かお》りがした。椅子《いす》に腰《こし》かけたアイリーンは一口飲んで、目をまたたく。

「とてもおいしい。ドニ、あなた本当に器用なのね」

「あ、そのお茶、僕じゃないですよ。さっききたレイチェルさんが用意していってくれたんです！　チョコレートももらったんですよ、バレンタインだって」

ドニが机の真ん中に、さきほど厨房《ちゅうぼう》で見たそっくり同じチョコレートを二つ並べる。

そしてそっとアイリーンの耳元に唇《くちびる》をよせた。

「僕と同じチョコだってわかって、アイザックさんすねちゃったんです」

「まあ」

口元に手を当てたアイリーンはアイザックを見る。アイザックは眉《まゆ》をひそめた。

「……お前なんか余計なことアイリーンに言っただろ、ドニ」

「レイチェルさんがいる間はまだ普通《ふつう》だったんですけど、出ていってからずっとなんか考えこんでて、仕事にならなくって」

「ドニ！　そのひそひそ話やめろ、ぜってー間違《まちが》ってるからそれ！」

小柄《こがら》だが度胸のあるドニは、アイザックがにらんでもにこにこ受け流していた。一方、アイリーンは隠《かく》れて笑いをかみ殺すのに必死になってしまう。

（レイチェル……作戦通りだわ、あの子怖《こわ》い）

肩《かた》を震《ふる》わせているアイリーンに、アイザックが眉をつりあげる。

「なんだよその笑いは！　用事はなんだよ、そもそも」

「バレンタインのチョコをわたしにきたの。ドニ、あなたとの付き合いは五年目だから、はい五個」

「えっいいんですか⁉　有り難《がと》うございます」

「アイザックは三年目だから三個ね」

「……お前それ、魔王様怒んねーの？」

目の前に置かれた三つのチョコを見つめながらアイザックが複雑そうに言う。早速《さっそく》アイリーンのチョコを一個食べたドニが力説した。

「魔王様には本命チョコだから数じゃないんですよ！」

「そりゃそうだけどさ」

「だから女の子の気持ちはチョコの数じゃないんです！　アイザックさん気にしなくていいと

思うな僕」

「ドニ、お前なんか勘違《かんちが》いしてるだろ！　俺は別に気にしてねーから！」

「確かに僕、アイリーン様と付き合い長いんで五個ですけど、アイザック様は三個でもアイリーン様の片腕《かたうで》ってみんな思ってますよ！　ね」

「……」

どこまでわかってやってるのかわからないドニは大物だ。

おかげで完全にアイザックがふてくされてしまった。

仕方がない部下だ。笑いをかみ殺しながら、アイリーンは情けをかけてやることにする。

「これがレイチェルが用意したチョコね。こっちがドニで、こっちがアイザック？　リボンの色が違うけれど」

「はい、僕がピンクでアイザックさんがオレンジだって」

同じラッピング、同じ大きさのチョコだが、袋《ふくろ》をしばっているリボンの色が違う。真ん中に置きっぱなしのレイチェルのチョコレートを、ちゃんとわけておく。これで間違いは起きない。

「女の子に贈《おく》られたものは、危険物でない限りきちんと食べなさいね」

「はーい」

「それとホワイトデーにお礼はちゃんとするのよ」

「あ、そっか！　何つくろっかなー」

「めんどくさ……」

すでに楽しそうなドニと心底嫌《いや》がっているアイザックが対照的だ。笑いが止まらない。

そんなアイリーンのチョコを一つつまんで食べたアイザックが、やっとこっちに視線を向けた。

「楽しいかよ、今年のバレンタインは」

「ええ、去年はクロード様を口説くのでいっぱいいっぱいでそれどころではなかったし、おとしは……」

セドリックに、手作りのチョコレートケーキをわたそうとした。お菓子《かし》作りや料理が得意なリリアに負けないよう、ドートリシュ公爵《こうしゃく》家の料理人に指導してもらってアイザック達を実験台に腕《うで》をあげて、そして。

「大丈夫だろ、今年は」

「魔王《まおう》様、待ってると思いますよ」

その結末を見ていた二人が、そう言ってくれる。アイリーンは胸をはった。

「当然でしょう？　とっておきのエッセンスをしこんだもの」

「うわー愛ってやつですか⁉」

「そんなものしこめるわけがないじゃない。もっと確実なものよ」

「え」

「ちょっと待て、お前この期《ご》に及《およ》んで何しこんだ！　発案者は誰だ！　リュックか⁉　協力者はクォーツか⁉」

「ああそうだわ、リュックとクォーツにもチョコを渡《わた》しに行かなくちゃ。まだまだ回らないといけないから」

そう言ってアイリーンは立ちあがる。すっかり調子を取り戻《もど》したアイザックが嘆息《たんそく》した。

「知らねーぞ、俺は」

「そうはいかないわ、何かおこったらなんとかしてもらうから」

「僕はいいですよ、氷の屋敷《やしき》とか造りたいです！」

目をきらきらさせたドニの言うことは聞こえなかったふりをしてアイリーンが出ていく。

それを胡乱《うろん》げに見送ったアイザックは、今度はレイチェルが用意したチョコをつまんだ。ドニはもうここで全部食べてしまう気なのか、チョコを次々に口に放《ほう》りこんでいる。

（……意識してたわけじゃねーし、期待とも違《ちが》うし）

ちょっと、それっぽいものが贈られてきたらどう流そうか、なんて考えていた。恋愛沙汰《れんあいざた》は

できる限り仕事に持ちこみたくない主義なのである。だからこの結果は大歓迎《だいかんげい》だ。仕事と私情を切り離《はな》す立派な侍女《じじょ》がアイリーンのそばにいるのも好ましい。

ただ、警戒《けいかい》していたから肩透《かたす》かしをくらった気分になっただけ。

そちらに気を取られてアイリーンが今年のバレンタインを無事にすごせるか、あまり気をもまずにすんだことを思えば、まあよかったのだろう。

なんでもない仕事仲間からのチョコレート。言い聞かせてから、ぽいと口に放りこむ。奥歯で噛《か》み砕《くだ》いた瞬間《しゅんかん》に、オレンジピールのいい香りがした。ただのトリュフかと思ったがそれな

りに工夫《くふう》されている。

すべて杞憂《きゆう》だったと肩の力が抜ける。アイリーンがおとしのような目に遭《あ》うことも、まずないだろう。冷めたハーブティーを飲む気になって、カップに口をつけた。

「レイチェルさんの作ったチョコ、おいしいですよねー。ナッツ入ってる。僕、この組み合わせ好きなんですよ」

「……オレンジピールだろ？」

「え？　これナッツですよ。アイザックさんはオレンジだったんですか？」

「……」

答えず、そっとカップをソーサーに置き直す。

そっくり同じなのに、リボンで目印をつけられたトリュフ。かけられた言葉は「お世話になってる皆《みな》さんに」それだけ。幸か不幸か、回転の速い頭はほぼ答えをはじき出していた。

（あの女ッ……いや待て。もし全員中身が違うとかだったら、そういうんじゃねーだろ）

オレンジはアイザックが好きなもの。だがナッツだってドニが好きだとさっき言った。

全部同じだと見せかけて、中は渡す相手の好みに合わせる。そういうふうに気を回すのはおかしくない。自分だけに違うものを用意したなんて結論を出すのはまだ早い。

だからここはへーそうなんだくらいの態度が適切。と一瞬《いっしゅん》で判断したのだが、ドニにそんな繊細《せんさい》な男心は通じなかった。

「よかったですねアイザックさん！　ちゃんと特別じゃないですか！」

「……ちげーだろ、全員にやってるかもだろ」

「えっじゃあ皆に聞いて回りましょうよ！　そしたらはっきりしますよ！」

「待て待て待て！　いいから、そういうことしなくていいから……！」

「えーでも気にならないんですか？」

ぐっとアイザックは詰《つ》まり、今度はハーブティーを飲み干す。

全員中身が違うのか、アイザックのみが違うのか、気にならないといえば嘘《うそ》だ。だがそれを調べるにはドニの言うとおり、聞いて回るしかない。そして、そんなことをすれば間違《まちが》いなくレイチェルに伝わる。

（くっそあの女、余計なことしやがって……！）

どうやってあの女を出し抜《ぬ》いて真実にたどり着くか。動くのは、ありとあらゆる方法を検討してからでいい。

ドニがそっと遠くでつぶやいた。

「……またアイザックさん、色々考えすぎて、横からさらわれちゃいそう……」

アイリーンのときもそうだったが、頭のいいアイザックは考えすぎてドツボにはまる傾向《けいこう》がある。

いつか自分が気になる女の子からチョコをもらえた日は、素直《すなお》に喜ぼう。

出来のいい頭を無駄《むだ》に回転させて考えこむアイザックを反面教師にしながら、ドニは最後のチョコレートをぱくりと食べた。

さて今度はどこに向かうべきか。

宮殿《きゅうでん》の出入り口である大広間で迷っていると、ミーシャ学園の制服を着た二人が帰ってきた。

「ウォルト、カイル。今日は学生なの？」

「そー。生徒会役員として色々準備をね。通常授業はまだ復活できないけど、せめて卒業式くらいはやれるようにって学園長兼魔王《けんまおう》様のお達しだから」

「ゼームスとオーギュストを雑事で使うわけにはいかないしな。追いこみ中なんだろう」

「ふふ、なんだかんだあの二人に優《やさ》しいのね」

「で、アイリちゃん。バレンタインだろ？　本命は常時受付中だよ」

ぱちんとウィンクするウォルトの手には、あふれんばかりのチョコがつめこまれた紙袋《かみぶくろ》がある。どうやら学園に行って大量に釣《つ》ってきたらしい。

「女の子とトラブルを起こしてないでしょうね？」

「やだな。俺の本命はアイリちゃん。君一筋だよ」

「女の子を泣かすような真似《まね》をしたら、わたくしが直々に折るわよ」

色っぽい微笑《びしょう》を浮《う》かべたままウォルトが頬《ほお》を引きつらせた。

「……折るって、その、何を？　心を？」

「はい、あなた達は一年目だから一つずつ。来年は二つよ」

「うっわあ色気のない渡し方。もうちょっとこう」

「あ……ありがとう、アイリ」

文句を言うウォルトの横で、両の掌《てのひら》でチョコを受け取ったカイルがはにかみながら言った。

きゅんとアイリーンの胸がときめく。はっとカイルがまばたきした。

「い、いや。今はアイリーン様、だな。すまない、まだ慣れなくて」

「……カイル……あなたにウォルトの分もあげちゃおうかしら」

「えっちょっと待ってアイリちゃん！　カイルお前、そういうのずるくない？」

「ずるい？　わけのわからないことを言うな」

「あーもうやだ、学園では冷たくぜーんぶ断ってたくせに」

「その気もないのに優しくするほうが残酷《ざんこく》だ」

そう返されて、ウォルトは薄《うす》く笑う。

「これ持ってきた女の子たちがそんな本気なわけないだろ」

「ウォルト、そういう考え方はおやめなさい」

「ま、本気だったとしても？　俺達にそんな時間はないけどね」

ゲームの知識があるアイリーンには、ウォルトの言う時間が寿命《じゅみょう》の話であるとわかる。総じて〝名もなき司祭〟は寿命が短いのだ。

教会に人間兵器として教育され、道具扱《あつか》いされてきた二人はどうにも自虐《じぎゃく》ぐせが抜けない。

クロードに仕える人間がそれでは困ると、アイリーンは仁王立《におうだ》ちした。

「ウォルト、カイル。あなた達はクロード様の大事なおも——お気に入りなのよ」

「今、おもちゃって言おうとしたよね⁉」

「大して差はないからいいでしょう。忠誠を誓《ちか》ってくれたあなた達がまっとうに生きていけるよう、クロード様がすでに反則技で問題を解決済みよ。あなた達の体はとうの昔に」

「なんか嫌《いや》な予感がするから聞きたくない！」

「お、俺も遠慮《えんりょ》する」

あとずさって耳を塞《ふさ》ぐふたりに、アイリーンは呆《あき》れた。往生際《おうじょうぎわ》が悪い。

「しっかりなさい。クロード様は本気よ。わたくし、あなた達に見合いをセッティングするよう頼《たの》まれているもの」

「ちょっそのネタまだ続いてたの⁉」

「クロード様は言い出したらきかないからな……最近わかってきた……」

「せっかくだから聞いておくわ。好みの女性のタイプはある？　クロード様よりわたくしがさがすほうがいいでしょう」

親切心でそう言ったのに、ウォルトもカイルも顔を見合わせた。

「……どっちも変わんないよねえ」

「それより自分でさがすという選択肢《せんたくし》が欲しいのだが」

「恋愛結婚《れんあいけっこん》したいということ？　それならそれでいいけれど……でも、そもそも魔王《まおう》の護衛の奥さんに普通《ふつう》の女性が立候補してくれるのかしら」

ふと考えこんだアイリーンに、ウォルトが焦《あせ》った様子で言いつのる。

「いやいや、そりゃ俺達の仕事特殊《とくしゅ》だけど、手取りもいいし、いずれ皇帝《こうてい》の護衛だから！　自分で言うのもなんだけど顔もいいし、優良物件だから！」

「……そういう考え方はどうかと思うが、その、妻帯者になれるものならきちんと家庭を守るくらいの甲斐性《かいしょう》は持っていると俺も思う」

「クロード様が横から口を出してきたとしても？」

あの魔王は何をしでかすかわからない、色んな意味で。

護衛になってそれを誰《だれ》より痛感しているだろうふたりが、そろって黙《だま》ってしまった。だがアイリーンは容赦《ようしゃ》なく追い詰める。現実を見つめることは大切だ。

「しかもクロード様はあの顔よ？　あなた達がいいなと思った女性を片《かた》っ端《ぱし》から魅了《みりょう》していかないか、わたくしは心配なのだけれど」

「た、確かにクロード様は他《ほか》に類を見ない美形だが……」

「皇帝になれば経済力と身分は保障されるし、くわえてクロード様は優しいし包容力もあるしちょっと困ったところもあるけれどそこがまた可愛《かわい》いし、礼儀《れいぎ》正しいし文武両道で尊敬できるしどこもかしこも完璧《かんぺき》なあの顔だし」

「のろけだと思ったら顔が二回くるんだ……？」

「あんな素敵《すてき》な男性がそばにいたらあなた達……まともな恋愛結婚は……できないんじゃないかしら……？」

アイリーンの懸念《けねん》にウォルトもカイルも黙りこんだ。

そんなふたりの肩《かた》を、ぽんと叩《たた》く。

「がんばりなさい。わたくしが毎年チョコをあげるから」

返事がない彼らの幸《さち》を願ってアイリーンはそっと立ち去る。

取り残された二人は、手に残ったチョコを持ったままつぶやいた。

「……将来のこと……考えような……」

「そうだな……」

主君の婚約者《こんやく》を護《まも》るのもまた仕事だなどと、感傷にひたっている場合ではない。こうなったら意地でもあたたかい家庭を築いて可愛い子供に囲まれて暮らすのだ。詳細《しょうさい》は絶対に聞きたくないが、魔王様が寿命をなんとかしてくれたようだし、自分たちにはもう未来がある。

だが結婚《けっこん》式に魔王様の出席を歓迎《かんげい》してくれる花嫁《はなよめ》は、そうそういない気がした。


だいぶ軽くなってきたかごを片手に回廊《かいろう》を歩いていると、中庭が騒《さわ》がしいことに気づいた。声のするほうにそのまま近づくと、声がはっきり聞こえてくる。

「はいそこまで。それ以上は掘《ほ》りすぎですからね。じゃあ今度はこの苗《なえ》を」

「リュック、クォーツ。アーモンドたちまで、こんなところにいたのね」

「アイリーン様」

魔物《まもの》――とはいえ、小さな体の者達ばかりだ――に囲まれたリュックが白衣を着たままにこやかに立ちあがる。クォーツはちらとこちらを見て、すぐ掘り起こされた地面に目を戻《もど》し、そわそわしている魔物達にお手本を見せるように苗を植え始めた。

「何をしているの？」

「魔物達にガーデニングを教えてるんです」

魔物がガーデニング。目を丸くしてしまったが、いつもうるさいアーモンドも、植物学者であるクォーツの手元をじっと凝視《ぎようし》している。

「ナニ、デキル？」

「苺《いちご》だ」

「明日《あした》、デキル？」

「明日がたくさん続いたらできる」

「魔王様、食ベル？」

「ああ。皆《みな》で収穫《しゆうかく》すればいい」

アーモンドを含《ふく》む魔物達がクォーツの言葉少ない説明に目を輝《かがや》かせている。

そっとその輪からはずれてリュックがそばまでやってきた。

「動物に近い魔物達が興味持ってくれるんです。苺とか果物はどうしたら作れるのか相談されまして」

なるほど、食い意地か。

「森では魔物達が花を育てることにも挑戦《ちょうせん》してるんですよ。魔王様に内緒《ないしょ》で」

「まあ……ひょっとしてプレゼントするつもりなの？」

「みたいです。花束を作りたいそうで」

「完成したら、異常気象が起きるわね」

クロードが感激しすぎて太陽が西から東に沈《しず》むかもしれない。遠い目でリュックも頷《うなず》いた。

「他の植物への影響《えいきょう》が心配です。できるだけ対策はしてるんですが……」

「苦労をかけるわね……でもあなた達の研究の邪魔《じゃま》にはなっていない？」

「大丈夫《だいじょうぶ》ですよ。病気になって枯《か》れてしまったときなんか大騒《おおさわ》ぎされましたが、とても楽しいです。クォーツ、クォーツなんか、あれで内心とても喜んでますよ」

「クォーツ、クォーツ！　虫、イル！　殺ス？」

「……大丈夫、これはいいやつだ」

「イイヤツ！　殺サナイ！」

「土はそうっとかぶせるんだ。そっちは掘りすぎないようにな、リボン」

「きゅいっ」

魔物に囲まれた眼帯の青年は、不吉《ふきつ》な見た目と裏腹に優《やさ》しい。魔物達に好かれるのもわかる。

「いつまでも邪魔するのも悪いわね。はい、これ。バレンタインよ。あなたは五つね」

「ああ、ありがとうございます。あ、でもちょっと手が泥《どろ》だらけで」

「いいわよ、東屋《あずまや》に置いておくわ。クォーツ、あなたの分もあるから」

声をかけると、しゃがんで作業をしたままこくりと小さく頷き返す動作が見えた。だがお菓《か》子《し》に目がない魔物のほうが、一斉《いっせい》に飛んでくる。

「チョコ！　チョコ！」

「きゅいきゅいきゅいきゅいきゅいきゅいきゅい」

「ああもう静かになさい。あなた達の分はちゃんとレイチェルと一緒《いっしょ》に作ったわ。キース様に預けたから」

「キース!!」

叫《さけ》んだと思ったら魔物達が一斉に駆《か》け出した。どこにいるかわかるらしい。土埃《つちぼこり》をたてて飛んでいく集団にアイリーンは怒《ど》鳴《な》る。

「こら、作業中でしょう!?」

「……かまわない。もともと手伝ってもらっていたんだ。またひょっこり戻ってくる」

膝《ひざ》の土をはらい、クォーツが立ちあがる。そしてアイリーンが東屋に置いたチョコレートを見て、またこちらを見た。

「……魔王には？」

「一番最後よ。本命だもの」

「……幸せか？」

唐突《とうとつ》な問いの意味をきちんと把握《はあく》して、嘘偽《うそいつわ》りなく微笑《ほほえ》む。

「とっても」

「……ならいい」

「でもあのときだって、わたくし不幸じゃなかったわ。あなた達がいたもの」

もし誰もいなかったら、アイリーンはただ傷ついた思い出だけを抱《かか》えて、いじけていたかもしれなかった。今年こそなんて張り切れるのは、皆がいたからだと思っている。

「今回のバレンタインでクロード様とまた絆《きずな》を深めるつもりよ」

「……絆を深めるために盛るのはどうかと……」

「確実に仕留めるためには必要なことよ。わたくしはまだまだあの方のことを知らないわ」

「……そうか」

「アイリーン様。効果のほど、報告くださいね」

「もちろんよ」

ぐっと二人と握手《あくしゅ》してから、アイリーンはきびすを返す。次に向かうのは、魔物達が追っていったキースのところだ。

足取りと一緒にゆれるスカートの裾《すそ》は、アイリーンが本当に楽しんでいるからきっと軽《かろ》やかに舞《ま》うのだろう。

それを見て切ないような気分にはなるけれど、ほっとするのも本当だった。

「うまくいくといいね、アイリーン様」

「うまくいくほうがいいのか……？」

「いいじゃないか。もし泣かせたら僕たちが確実に仕留めればいい」

「……あの薬はまだ開発中だ。まだ確実には無理なのでは？」

「でもそれよりセドリック皇子はもうそろそろ仕留めていいかな」

クォーツの返事がない。いつでも仕留めていいと思っているのだろうなと、リュックは察した。

『受け取ってくださらなかったの、セドリック様』

『うちのシェフに作らせたんだろうって。……それを、さも自分が作ったみたいな顔をするのは、みっともないって』

『わたくし、言えなかったの』

『リリア様に負けないように、手作りのお菓子を今日までずっと練習してたなんて、言えなかったの……』

——もうあんなアイリーンは、二度と見たくない。

魔物達が向かった方向を追うと、廊下《ろうか》に並んでいる魔物達の姿を見つけた。どうやらチョコレートの配給待ちをしているらしい。

「はい、アーモンドさんはこれを森に残っている皆さんに配ってくださいね。クロード様に送ってもらってください」

「了解《りょうかい》！　了解！」

「次はシュガーさん。これはミルチェッタにいる魔物達《まもの》用です。欲しがるとは限らないので、呼びかけをお願いしますね」

「任セヨ」

「並んでる皆さんはベルさんから一つずつもらってください。並び直しは駄目《だめ》ですよ、一人一個！　守れない子は主《あるじ》に言いつけちゃいますからねー」

さすが、魔王《まおう》の従者は魔物の扱《あつか》いに手慣れている。ベルゼビュートもキースの指示どおり、魔物達にチョコを配り始めた。

感心しながらアイリーンは廊下から配給所と化している部屋へと入る。

「キース様、さすが手際《てぎわ》がいいわね。でもクロード様はずるをした魔物をかばうんじゃないかしら？」

「いいんですよ、そしたらクロード様にその分仕事してもらいますから」

魔王の扱いにもたけていた。

両腕《りょうで》を組んでアイリーンはその手際を観察する。

（この人に負けないようクロード様を飼えるようにならなくちゃ）

きっとクロードのことを一番知っているのはこの従者だ。重ねた年月が大きいが、そこで引く気はない。

「キース様、わたくし負けないわ。このチョコは宣戦布告だと思って受け取って頂戴《ちょうだい》」

「ちょっと意味がよくわからないですけど、いただけるなら有り難《がた》くもらいますね」

「ベルゼビュート、あなたにも持ってきたのだけれどもらってくださる？」

「俺に？　ああ、ばれんたいんというやつだな」

「あら、ちゃんと知っているのね」

感心すると、ベルゼビュートがとたんに得意げな顔になった。

「もちろんだ。何せ毎年、王が」

「ベルさん」

仁王立《におうだ》ちしたベルゼビュートがキースの呼びかけにそのまま固まった。

一方、聞き逃《のが》さなかったアイリーンは、あきらかに制止したキースにゆっくりと笑《え》む。

「……毎年、クロード様が？」

「楽しみにしてらっしゃいますよ、我が主。なにせ初めての婚約《こんやく》者がいるバレンタインですからね」

その初めては『婚約者がいる』にかかるのか、それとも『バレンタイン』までかかるのか。視線でそれを訴《うった》えたが、キースはまったく変わらない笑顔で黙秘《もくひ》した。その様子を見てベルゼビュートがそうっとさがり、魔物達へのチョコ配給を再開する。

よくよく考えると、世間に疎《うと》い魔物達がバレンタインだからチョコをもらえると知っていることからして、察するべきだった。

つまりはそういうことだ。

察したアイリーンの内心を見通したのか、キースが慈《いつく》しみ深く微笑む。

「私めはアイリーン様の器《うつわ》の大きさを信頼《しんらい》してますよ」

「そうね、疑問を持ったわたくしが間違《まちが》っていたわ。あの顔だものね」

「ええ、あの顔ですから」

「ベルゼビュート」

「な、なんだ」

びくびくしながらベルゼビュートが振《ふ》り返る。その口にアイリーンはひょいとチョコを放《ほう》りこんだ。目を白黒させながらベルゼビュートがもぐもぐそれを食べる。

「あなたも魔物だから大概《たいがい》そういう顔よね……」

「？」

「あなたはいい子でいてね。わたくしの癒《いや》しなのよ」

よしよしと頭までなでて、アイリーンはキースに尋《たず》ねる。

「クロード様はご自分の部屋にいらっしゃるのかしら？」

「そうですねえ。そろそろお戻《もど》りだと思いますよ」

「そう、行くわ」

気合を入れてアイリーンはヒールの音を高らかに鳴らしながら進む。

やっとチョコレートを飲みこんだベルゼビュートが、キースに尋ねた。

「お前、王に呼ばれていただろう。行かなくていいのか？」

「いいんですよ。毎年あれ大変なんですから、アイリーン様にも手伝ってもらわないと」

「人間の女どもが王に群れるのはしかたのないことだが……アイリーンは怒《おこ》らないか？」

　ベルゼビュートを含《ふく》んだ魔物達が不安げに見ている。キースはきっぱり返した。

「我が主の妻になるというのならば、それくらい平然とさばいていただかないとね」

「……そういうものか？」

「そういうものです。大体、我が主はアイリーン様からチョコをもらえればそれでいいんですから。まったく、私めだって可愛《かわい》い女の子から本命チョコの一つくらい欲しいですよ」

「お前は一生無理だ。王が許さない」

　迷いのない断言に思わず真顔で見返す。ベルゼビュートだけではなくその周囲の魔物までうんうん頷《うなず》いていた。

　キースは笑顔を深くする。

「はい、お菓子《かし》は没収《ぼっしゅう》です全員」

「何故《なぜ》ダ⁉」

「小《こ》、姑《じゅうと》、小姑！」

「誰《だれ》ですか今小姑って言ったの。連帯責任で明日もお菓子抜《ぬ》きです」

「横暴！　横暴！」

　ぎゃあぎゃあわめこうが、魔物達はなんだかんだ最終的にはキースに泣きついてくる。

　魔王の小姑は強いのだ。ひょっとしたら魔王よりも。

やっと最後の一つ、大本命だ。

両開きの扉《とびら》の前で深呼吸をする。

(いよいよ相思相愛の大本命……わたくしの初のバレンタインと言っても過言ではないわ)

絶対に成功させてみせる。何をもってして成功と言うのかわからないが、成功させて過去のもろもろを笑い飛ばしてやるのだ。

扉の取っ手に手をかける。女は度胸だ。

「失礼しま――」

「遅《おそ》いぞキース。早く片づけなければアイリーンがきてしま」

大量の贈《おく》り物の山を前にした愛《いと》しい婚約者と見つめ合う。

次の瞬間《しゅんかん》、雷《かみなり》が落ちた。

思わず目をつぶってまた開くと、クロードの背後にあった贈り物の山が消えていた。まさしく魔法《まほう》のように。

「ああ、よくきてくれたアイリーン」

今日も今日とて美しい魔王が微笑《ほほえ》む。

しかしその山をしっかりと見たアイリーンは、そのまま吠《ほ》えた。

「今、隠《かく》しましたわね⁉」

「なんのことだ」

「わたくしは見ましたわよ、チョコレートの山！　どこからかっぱらってきたんですの⁉」

「チョコレートの山？　見間違《みまちが》いだろう、何もないじゃないか」

「クロード様」

すっとぼけるクロードの顎《あご》をつかんで下からにらむ。美貌《びぼう》の魔王はそれを見つめ返した。だが、アイリーンは見逃《みのが》さない。

「さっきから窓ががたがたいってますわよ、クロード様」

もちろん窓をすさまじい勢いで叩《たた》いているのは、動揺《どうよう》という名前の突然《とつぜん》の強風である。

「わたくしはごまかされません。さあ、ちゃんと隠したものをお出しになって」

「な……なにも、かくしてなど」

「出さないとわたくしのチョコあげませんわよ‼」

もう一度、雷が晴天から落ちた。

決してやましいところがあるわけではない、と魔王は珍《めずら》しく弁解めいたことを言った。

「ただ君が気にしたらめ――悪いと思って」

「今、面倒《めんどう》って言おうとしませんでした？」

ぎろりとにらんでもクロードは椅子《いす》に座っていつもの端整《たんせい》な顔を崩《くず》さない。だが、足下《あしもと》ではたまにそわっと小さな竜巻《たつまき》が発生しては消えている。落ち着かないらしい。

婚約者の真正面にアイリーンは仁王立ちする。

「クロード様。言っておきますけどわたくし、朝訪ねたらあなたの寝室《しんしつ》で裸《はだか》の女性が二、三人転がってても驚《おどろ》きませんわよ」

「そこはさすがに驚いて欲しい」

「とにかく一番駄目なのは隠すことです！　婚約者がいるというのにこの山！　これはわたくしへの挑戦状《ちょうせんじょう》です！」

びしっと指さした先には、クロードが先程《さきほど》魔力《まりょく》でどこぞに隠したチョコレートの山が再出現している。

色とりどりの可愛いリボンで飾《かざ》られたもの、高級紙でしっかりと作られた菓子箱、かと思えば手作りの素朴《そぼく》な包装紙によるラッピングと、まったく均一性がない。チョコを練りこんだ菓子パンまである。

(年代層がまったく読めないわ!!　階級も！)

その山を、アイリーンに呼び出された面々が仕分けにかかっている。

苛々《いらいら》とアイリーンは両腕《りょううで》を組んだ。

「いったいどこでこんなにもらってきたんです、クロード様」

「道を歩いているともらえる」

「どんな道ですかそれは！」

「皇都の下層ですよ、アイリーン様。毎年こうなんです。何せお忍《しの》びでやってくる可哀想《かわいそう》な皇子様ですから、みなさん気を遣《つか》ってくださってね」

ひょいひょいと慣れた様子で仕分けているキースがそう答えた。そのキースの指示に従っているウォルトが納得《なっとく》したように相槌《あいづち》を返す。最初にこの山を見たときは、比較《ひかく》にもならない自分との差に傷ついた顔をしていたが、立ち直ったらしい。

「確かに皇都の下層に顔を出すと行く先々で色々もらってるねークロード様って」

「きちんと食べているか年配の方によく心配されていたな、そういえば」

「小さい頃《ころ》から遊びに行ってますから。っていうか私め、『この顔が何かしたら森の廃城《はいじょう》までご連絡《れんらく》ください』って挨拶《あいさつ》して回ったことありますからね……」

遠い目で笑うキースの苦労がしのばれる。

嘆息《たんそく》したクロードは深く腰《こし》かけて、長い足を組んだ。

「皆《みな》、僕の正体も知らず親切で、バレンタインはくるように言われるんだ」

「……」

みんな正体を知ってるだろうと指摘《してき》しても無駄《むだ》なので、誰も言わなかった。

きちんと説明する気になったのか、頬杖《ほおづえ》をついてクロードが続ける。

「お礼に魔物《まもの》達に頼《たの》んで屋根を夜のうちに修繕《しゅうぜん》したり畑の害虫の駆除《くじょ》をしたり、色々していたらどうしてだかどんどん数がふえて……」

魔王《まおう》様が小人さんか妖精《ようせい》さんになっている。

「最近は願い事や困り事、相談事が入っていることも多くてな。あとで目を通すから破棄《はき》しないよう気を付けてくれ。大事な国民たちの声だ」

「クロード様……」

思わぬ話に瞠目《どうもく》していると、ジャスパーが苦笑い交じりに言った。

「……どーりで下層の奴《やつ》らほど魔王様を支持するわけだよ。こんなことされちゃな」

第五層、つまり下層出身であるリュックが首をかしげた。

「でも僕らはそんな話聞いたこと……あ、女性限定ですかもしかして」

「バレンタインだからなー。この編み物とか絶対おばあちゃんの手作りだろ。……おい魔王様、入ってる手紙って俺らもチェックしていーの？」

アイザックが封筒《ふうとう》に入った手紙をひらひらさせながら尋《たず》ねる。クロードは頷いた。

「かまわないが、手伝ってくれるのか？」

「オベロン商会のいい情報源になる。じゃ、手分けするぞ。各自贈り物の中身と贈り主をメモして手紙とまとめること。手紙の中身で緊急《きんきゅう》性高いものはこっちの箱。アヒル戦隊も手伝え」

「誰がアヒル戦隊だ！」

「アヒル戦隊とはなんだ？」

怒《おこ》るゼームスの横でベルゼビュートが首をかしげている。

オーギュストが笑った。

「俺もちょっとだけなら手伝う。これ、こっちでいいのかなキースさん」

「はい、ほんと助かります。毎年この量なんでねえ……」

「……お返しはしないのか？　花を用意するくらいならできるが」

クォーツの提案に答えたのはリュックだ。

「試薬なんかもいいかもしれないですね。苦情が出にくい」

「それは人体実験なのでは……？」

「はいはーい、魔王様、このチョコとかプレゼントはどうするんですか？」

「もらったものは養護院に寄付してる。大事に扱《あつか》ってくれ」

返事をもらったドニがはーいとまた元気に返事をする。

手際《てぎわ》よく作業を始めた皆を見ながら、クロードがつぶやいた。

「チョコやプレゼントを楽しみにしている子どもたちも多くて、それを思うと……今年は君がいるというのに断れなかった。すまない、アイリーン」

「いっいえっ！」

不意をついた誠実な謝罪に、アイリーンはあわてて首を横に振《ふ》る。

ちょっともじもじしてしまった。

この大量のチョコレートに思うところがないと言えば嘘《うそ》だ。最初は体育館裏に呼び出してやろうかとも思った。けれど、今は。

「……クロード様のなさってること、とてもご立派だと思います。わたくし、誇《ほこ》らしく思いますわ」

「そうだろうか。不義理だと君に呆《あき》れられてしまったのでは」

「そ、そんなことありませんわ！　わたくしだってクロード様以外の男性に配り歩いてましたし……」

　そう考えるとわめいてしまったことがなんだかいたたまれない。

（クロード様がたくさんもらったことに怒るなんて……ただのやきもちじゃないの）

「大丈夫《だいじょうぶ》だ。僕は君が誰《だれ》より一途《いちず》な女性だと知っている」

「クロード様……」

「おい人前なんだけど」

「言っても無駄ですよ、アイザック様。あれ俺たちに見せつけてるんですよ」

「そ、そうですわ、忘れかけてました。わたくしもクロード様にチョコレートケーキを用意したんです」

　この騒《さわ》ぎで放置してしまった大本命のチョコレートケーキが入った箱を胸に抱《だ》き直す。ちょっとどきどきしながら、クロードを見つめた。

「その……たくさん他《ほか》にもチョコがありますけれども、受け取っていただけますか？」

「もちろん。それは僕がきちんといただこう」

「て……手作り、なんですけれども……」

　クロードは今までアイリーンが手作りしてきた菓子《かし》を食べたことはある。けれどチョコレートケーキだけは、手作りだという自己申告《しんこく》に勇気が必要だった。まさかクロードが疑うわけがないとわかっていてもだ。

　立ちあがったクロードがふわりとアイリーンを抱きあげる。ぱちぱちまたたいていると、クロードがとろけるように甘い笑《え》みを浮《う》かべた。

「お菓子作りのうまい婚約者《こんやく》を持って、僕は幸せ者だ」

うまく言葉を返せずに、アイリーンは頬《ほお》を赤らめる。

チョコレートのように苦さを少しだけ残して、過去が甘くとけていく。

「クロード様、わたくし、あなたのことをあ――」

「アイリーン様！　この手紙、『婚約者と別れて』って書いてありますけど、どうしたらいいですかー？」

「ドニ、お前このタイミングで⁉」

「えー僕わざとそんなことしませんよーアイザックさんじゃあるまいし」

ぷくっとふくれるドニに皆が驚愕《きょうがく》する中で、アイリーンはゆっくり振り向く。

こんな素敵《すてき》な男性の妻になるのだ。もちろん、優雅《ゆうが》な微笑《ほほえ》みは絶やさない。

「その女の名前は？」

「えーっとむぐ、なにふふんでふかひゃふぽーはん」

「空気読もう若者よ！　な！　オジサン寿命《じゅみょう》縮んじゃう！」

「まあいいわ。ジャスパー、あとで徹底《てってい》的に素性《すじょう》を洗いなさい。クロード様」

「な、なんだろうか」

「その女性にはわたくし直々にホワイトデーのお返しを選びます、よろしいですわね」

返事などいらない。決定事項《じこう》だ。

にっこり笑ったアイリーンに、クロードが嘆息を返した。

早く君のチョコレートケーキを食べたいと甘えると、他にきわどいメッセージがないか仁王《におう》立《だ》ちで監視《かんし》していた婚約者は一転してそわそわし、「じゃあ用意してきますわね」と部屋から出ていった。

侍女《じじょ》に頼まず自ら用意しに行くというのがまた可愛《かわい》い。ゆったりと深く椅子《いす》に腰《こし》かけて、ひとりごちる。

「僕のアイリーンは本当に愛らしい」

「他の女から大量にもらったチョコを自分の株上げに使う男、初めて見たわ、俺」

絡《から》んできたのは想定通り、アイザックだった。

せっかくの機会だ。きちんと話そうと顔をあげて相手をまっすぐ見た。

「僕は、アイリーンの大切な片腕《かたうで》である君を尊重している。他の皆も同じだ」

「……そりゃどーも」

「だが片腕がもげても人は生きていけるとも思っている」

アイリーンの大事な仲間達に沈黙《ちんもく》が落ちた。

足を組み替《か》えて、頬杖を突《つ》く。

「何か質問はあるだろうか。僕は人の話を聞く王であろうと思っている」

「イエ、アリマセン……」

「そうか。たまには男同士、語り合うのは大事だな。これで僕はアイリーンがわたしたチョコレートを奪《うば》うなどという大人げない真似《まね》をせずにすむ」

「……アイリーン様に言いつけたい」

「……同じく」

半眼のリュックとクォーツに、クロードは微笑み返した。

「君たちはアイリーンに言いつけたりしない。彼女のトラウマを救えるのは僕だけだからな」

クロードは過去、アイリーンがどんなバレンタインをすごしたのか知らない。わかっているのはセドリックがつけた傷が深いことと、チョコレートケーキが手作りだと申告したときの違和感《いわかん》だけ。

「僕のあの対応は、君たちの満足がいくものだっただろうか？」

クロードの質問に、半眼になっていたアイザック達がそれぞれ反応を見せた。苦笑いだったり、諦《あきら》めだったり、感傷だったり、それらはすべてアイリーンを想《おも》う反応だ。

それをクロードは許す。彼女の愛の頂点にいるのは自分なのだから、それが礼儀《れいぎ》だ。

ひたと視線を動かさず待っていると、肩《かた》をすくめたアイザックが短く答えた。

「完璧《かんぺき》」

「君にそう言ってもらえると安心するな。この調子で頑張《がんば》るとしよう」

「えっなんか俺アイリが心配になってきたんだけど……」

「馬鹿《ばか》かオーギュスト、首を突っこむな。死ぬぞ」

「そうそう、さわらぬ魔王《まおう》にたたりなしだよ」

「……俺はそもそもまったく事情がわからないんだが……」

「ああ、そうだ。ウォルト、カイル。一応教えておくが、お前達へのチョコもあの中に埋《う》もれている」

ひそひそ集まって話していたウォルトとカイルが振り向く。オーギュストが声をあげた。

「いいなー！　俺、今日外も出らんなかったし……あ、でもゼームスもか」

「私はそもそもいらない。甘い物は苦手だ」

「めっちゃアイリのチョコ食べ——なんで殴《なぐ》るんだよ⁉」

「クロード様の前で余計なことを……！」

「埋もれてるって、ほんとに埋もれててわかんないですよクロード様。預かったなら分けといてくださらないと」

ウォルトが贈《おく》り物の山を見上げて苦言を呈《てい》する。カイルは首をかしげた。

「そもそもどうして俺達まで？」

「僕と一緒《いっしょ》にいるところをよく見られていたからな。いつも一緒にいる白と黒のおつきの人にと言われた」

「今、よくって言いましたねクロード様？　この二人がバレンタインの対象になるくらい連れて歩いたと、ほう」

目を光らせたキースに、ウォルトとカイルがびくっと身を引く。クロードは嘆息《たんそく》した。

「いいじゃないか別に。バレンタインくらい見逃《みのが》してやれ。この二人が直接受け取ったわけでもないんだし」

「ちょっと待ったぁクロード様！　まさかわたさない気ですか、俺のでしょ!?」

「受け取ってしまったならさすがに確認《かくにん》させていただかないと……礼もできません」

「何を言っているんだ。僕の許可なくお前達を狙《ねら》う女性など却下《きやつか》だ。お前達がつきあう女性は僕がきちんと選別する」

ウォルトとカイルがその場で膝《ひざ》から崩《くず》れ落ちた。同情したのか、ゼームスが眉《まゆ》をひそめて口を開く。

「お気に入りなのは結構ですが、さすがに干渉《かんしょう》しすぎでは？」

「大丈夫《だいじょうぶ》だゼームス、アイリーンに横恋慕《よこれんぼ》しないようお前にも僕が用意する」

「そんな話を私はしてませんが……!?」

「あの……俺はそういうのないですよね？」

「……君は」

周囲を見ながら不安がるオーギュストを見て、クロードは赤い目を細めた。

「……多分、僕が選ばなくて大丈夫だ。放《ほう》っておいても、とても女性で苦労する気がする」

「えっ!?」

「魔王様って予言もできるんですか⁉」

ドニのキラキラした目にキースが苦笑いを返した。

「そういうのはないんですけど、なんか大体当たるんですよねえ、我が主《あるじ》の勘《かん》……」

「僕！　僕はどうなりますか、魔王様、見て欲しいです！」

「君は大丈夫だ、幸せになる」

「やったー！」

ドニが両手をあげてはしゃぐ。ベルゼビュートが嬉《うれ》しそうに笑った。

「よかったな、ドニ。王の言うことに間違《まちが》いはない」

「あーじゃあオジサンも聞いちゃおうかなと」

「あとは全員、大体苦労する」

そろいもそろって愕然《がくぜん》とする顔が面白《おもしろ》い。

(どう考えたって報《むく》われるわけがないだろう)

ひとの婚約者《こんやく》に一途《いちず》に仕えておいて。

クロードは皮肉の代わりに勘を口にする。

「ちなみに女難の相は上から順番にオーギュストで」

「なんで⁉　なんで俺がそんなに上⁉」

「安心しろ、それは未来の話だ。現在のトップはアイザックだ」

「聞いてねーよ聞かせるなよ信じねーから俺は‼」

「あー我が主、我が主。作業完全に止まっちゃいますから、そこまでで。全員、そんなに気にせずに、ね」

ぱんぱんと手を叩《たた》いてキースが仕切り直す。そして苦笑いまじりに続けた。

「いいじゃないですか、女難も。私めなんか少しも浮《う》いた話がないんですから。チョコだって今年はアイリーン様たちにもらえましたけど、これだって何年ぶりだか……ベルさんだって主ヅテでもらったりしてるのに」

「？　何を言ってる。お前にも毎年チョコがきて」

「ベル」

制したが遅《おそ》かった。

クロードに関して人一倍聡《さと》く、そして誰《だれ》よりも強いキースが、ゆっくりと視線を向けてくる。

そっと顔をそらして冷めたお茶をすすった。

「……。主？」

「お茶が冷めている、キース」

「クロード様。正直に言わないとわかりますね？」

わかるので、息を吐《は》き出した。その目をしっかり見て言う。

「仕方ないだろう。お前が結婚《けっこん》したら誰が僕の面倒《めんどう》をみるんだ」

静寂《せいじゃく》のあと、従者の怒《いか》りが燃えあがった。立ちはだかったのはもちろん護衛だ。

「どどどどど、どうどうどうキース殿《どの》、落ち着こうよやだなー！　クロード様、謝って！」

「嫌《いや》だ」

「子どもか！　やだなあ私めったら教育間違《まちが》えましたね……!!」

「刃物《はもの》は、刃物はどうか使わないでいただけると！　向けられると俺達も護衛として対処せざるをえないので！」

「やり方ってもんがあるだろーになあ、オジサン同情したぞさすがに……」

「……その内ハゲるぞ、あの従者」

「ハゲにきく薬を作っておいてあげようか、クォーツ」

　クロードの周りはずいぶん明るくなった。

　ぶち切れたキースを必死で止める二人の護衛、おろおろするベルゼビュートに呆《あき》れるゼームス。女難とつぶやいてまだ落ちこんでいるオーギュストに、呆れた眼差《まなざ》しでこちらを見ているアイザック達。

　そして一番は。

「いったいなんの騒《さわ》ぎなの!?　何をしたんです、クロード様！」

　仰天《ぎょうてん》したアイリーンが駆《か》けこんでくる。それだけでクロードの唇《くちびる》は柔《やわ》らかくほころんだ。

　幸せというのはこういう日々のことをいうのだ。

「気にしなくていい、アイリーン。それよりホワイトデーのお返しに希望は何かあるか？」

「えっ……わ、わたくしは……その……クロード様からいただけるならなんでも……」

「この状況《じょうきょう》でよく色ボケてられんなおい！」

「何がホワイトデーだ私めのバレンタインを返してくださいませんかねえこの馬鹿主!?」

周囲が何かわめいているが、クロードは可愛《かわい》い婚約者だけを見つめてとっておきを約束する。

もちろん、彼女がチョコレートケーキに仕込んだ自白剤《ざい》には気づいている。なぜそんな真似《まね》をしたのかはわからないが、どうせ自分にはきかない。だがけじめとして、仕置きは必要だ。

(やはりここは、氷の屋敷《やしき》だな)

きっとホワイトデーもにぎやかだろう——色んな意味で。

◆乙女《おとめ》ゲームの世界なので、侍女《じじょ》でもホワイトデーがあります◆

春の訪《おとず》れを感じる晴天の下、若々しい色の芝生《しばふ》が萌《も》える上に、ひんやりとその屋敷は建っていた。

「……クロード様……これは……？」

「ホワイトデーのお返しだ。ここで今日、僕と二人きりですごそう」

さわやかな魔王《まおう》の笑顔《えがお》に、レイチェルの主人がぎこちなく問い返す。

「わたくし、なにも、してませんわ、わよ？」

「もちろん、悪いのは君ではない。君を不安にさせた僕だ。バレンタインのチョコに自白剤を仕込んでまで、僕の過去の女性関係を気にしているとも知らず」

だからこれは僕の君への愛だ、と美しく妖艶《ようえん》に魔王は告げる。

「愛を疑われたのは僕の愛が足りないせいだと反省した」

「い、いえっ、わたくし、十分です！　じ、自白剤をまぜたのは、クロード様に恥《は》ずかしい過去とか弱点とかないかしら―とかちょっぴり思っただけで……っ」

ごおっと背後から春を装った突風《とっぷう》が巻き起こる。

圧を増した魔王の気配にアイリーンが笑顔を引きつらせて叫《さけ》んだ。

「あ、あなたのことをもっと知りたかったんです！」

「なるほど。なら余計に、今日一日、あの屋敷で僕とすごさないか。僕の愛を全身で感じて欲しい。それとも執務室《しつむ》で一日中君に愛の言葉をささやこうか」

「屋敷に入ります！」

判断力のある主人は勇ましく氷の屋敷に向かう。

魔王はその背中を見て満足そうに口端《くちはし》をあげる。

それを見ていたレイチェルは、先ほどの選択《せんたく》が罠《わな》だと確信した。きっと今日、主人は魔王の愛の熱にうなされ、ふらふらになって帰宅するだろう。

同じように主人の背中を見ていた従者とふと目が合う。

「ホワイトデーだっていうのに物騒《ぶっそう》ですみませんね」

「いいえ、クロード様らしいと思います。他《ほか》の皆様《みなさま》からアイリーン様へのホワイトデーのお返しは、できるだけ私がかわりに受け取っておきますね。あとでまとめてアイリーン様が確認《かくにん》するくらいなら、クロード様も気になさらないでしょう」

クロードが氷の屋敷なんてものにアイリーンを閉じこめる意図にちゃんと気づいているレイチェルに、キースが目を丸くしたあと、淡《あわ》く微笑《ほほえ》んだ。

「助かります。でもアイリーン様とふたりきりですごしたかっただけですよ、あれは。いやはやアイリーン様が器《うつわ》の大きい方でよかった――ああそうだ、これ」

ぽん、と可愛くラッピングされた紙袋《かみぶくろ》を手渡《てわた》された。紙袋の口をしばっている紐《ひも》には、可愛らしい小さな花が何種類もくくりつけられている。

「バレンタイン、アイリーン様と一緒《いっしょ》に大量にチョコ作ってくださったでしょう。ホワイトデーのお返しです。私めと魔物《まもの》達から」

「まあ、気にされなくてもよかったのに」

「そうはいきませんよ。女性にろくにお礼もできないなんて、魔王の恥《はじ》ですからね。――魔物達おすすめの飴《あめ》で、私めの支払《しはら》いでベルゼビュートさんが買ってきました。花は魔物達が集めて選んできたものです」

「有り難《がと》うございます」

これを用意するための役割分担が想像できて、笑ってしまう。大人の笑みでどういたしましてとキースは返した。

「今日はあなたもお忙《いそが》しいでしょう。アイリーン様のことは我が主《あるじ》と一緒に私めが世話をしますので、ホワイトデー、楽しんでくださいね」

「そんな。私は」

「アイリーン様もそれを望んでおられますから」

レイチェルよりはるかに年季が入った従者歴を持つキースにはかなわない。

苦笑いして、レイチェルはもう一度お礼を言った。

ホワイトデー、それはバレンタインに勇気を示した女性のみに特別な一日だ。

しかし、レイチェルはあまり期待していない。

あくまでレイチェルを仕事仲間の位置に置いておきたいあの人は、オレンジピールが特別かどうか、確かめなかった。


「えっアイリは魔王様と氷の屋敷……ってこれどうしたらいいんだろ……屋敷に入れてもらえるかなあ、俺」

「俺達と一緒なら大丈夫《だいじょうぶ》だろう。護衛を叩《たた》き出すなどありえない。ああ、ありえないとも」

「そんなことされたら全力で扉《とびら》を蹴破《けやぶ》って、アイリちゃんとの逢瀬《おうせ》邪魔《じゃま》してやるもんね」

「なんか二人とも魔王様の護衛！って感じになってきたよな」

「……調子にのりすぎだ、たかが護衛の分際で」

「あ、ゼームスが妬《や》いてる」

「誰《だれ》がだ‼」

元生徒会の面々はレイチェルから事情を聞いて、にぎやかに屋敷に向かっていった。

レイチェルもそれぞれからお返しをもらった。おいしいクッキー、ハンカチ、花飾《はなかざ》りのついた髪留《かみど》め、外国語の簡単な辞書と、各人の性格が出たお返しだ。ゼームスまでレイチェルにお返しをくれたのは正直、意外だった。そもそも名前を覚えているかすらあやしいと思っていたのだが、ちゃんと存在を認識されていたらしい。

アイリーンのかわりに預かろうかというレイチェルの申し出に、自分でわたすとそろって返してきたのは、やましさのなさの表れだろう。だから無理に引き止めず、見送った。

そして逆に、オベロン商会の面々は全員がレイチェルに預けていった。

「あ、じゃあこれお願いします！　氷の屋敷に似合うと思うんですよね、このオルゴール」

「オジサンも頼《たの》むわ、このペアチケット。魔王様とどーぞって。……これなら魔王様に怒《おこ》られないよな？」

「ではこの香水《こうすい》をお願いします。商品化はしませんよって言っておいてくださいね」

「……。できるだけ早く水に。今朝、咲《さ》いたばかりの花だ」

そしてみんなそろって、レイチェルにもアイリーンと同じものを置いていった。

まるで予防線だと、レイチェルはひそかに笑ってしまう。皆《みな》、魔王に対しての立ち回りがしたたかだ。

きっとアイザックも同じ手でくるのだろう。

そう思っていたので、廊下《ろうか》で待たれていても、うろたえたりしなかった。

「これ」

ぶっきらぼうに押しつけられたのは、細長い箱だった。ちょうどアイリーンへのお返しをドートリシュ公爵邸《こうしやくてい》にいったん持ち帰ろうと運んでいる途中《とちゆう》だったレイチェルは、確認する。

「アイリーン様にですか？」

「は？　なんで」

「アイリーン様は本日は、魔王様と一緒に氷の屋敷《やしき》ですごされる予定なので、ホワイトデーのお返しは私が預かったほうがいいかと……」

「氷の屋敷って、マジで造ったのかよ……」

呆《あき》れたため息を一つこぼしたアイザックは、再度箱を差し出す。

お預かりしますね、と答える前にアイザックが言った。

「お前にだよ」

「え」

まばたいている間に、アイザックはそっぽを向いてしまった。

驚《おどろ》きを隠《かく》せないまま、レイチェルはおずおずと差し出されたものを受け取る。

「あ、ありがとうございます……あけてもいいですか」

「……どーぞ」

いったん荷物をすべて廊下脇《わき》のテーブルに置いて、包装をほどく。

さすがにどきどきしながら箱をあけると、中からネックレスが出てきた。

しずくの形をした銀の輪の中に、透明《とうめい》な薄水《うすみず》の宝石が一粒《ひとつぶ》だけあしらってある。アクアマリンだろうか。シンプルだからこそデザインのよさが際立《きわだ》つ一品だった。

手のひらにのせて、思わずつぶやく。

「かわいい……」

「そりゃよかった。じゃーな」

「えっ？　あの、アイリーン様には？　ご自分で渡《わた》されるんですか？」

最後の一言に、きびすを返しかけていたアイザックがそのまま止まった。

「それは、アイリーンに直接渡して欲しくないって意味か？」

「そ、そういう意味じゃっ……」

あわてて言い訳しそうになってから、はっとした。この反応は、アイリーンの侍女《じじょ》として正しくない。

もっと冷静に、伝えなければ。

「――本日、アイリーン様はクロード様とふたりきりですごされる予定です。クロード様がアイザック様との時間を許されるかどうかわかりません。ですからドートリシュ公爵家に私が持ち帰るほうが、確実にアイリーン様にお渡しできるかと思います」

「……ふぅん？」

意味深な視線を向けられたが、本当のことだからと背筋を伸《の》ばす。

腹の探《さぐ》り合いのような沈黙《ちんもく》が少しだけ続いたあと、アイザックが先に口を開いた。

「残念。俺はアイリーンに何も用意してねーから、お返しはお前だけ」

「え？」

「だってアイリーンには散々無茶《むちゃ》させられてるし、貸しも作ってるしな」

なるほど、今更《いまさら》そんなバレンタインだホワイトデーだと騒《さわ》ぐ関係ではない、ということか。

納得《なっとく》する反面、少し面白《おもしろ》くない。

「でもオレンジピールはうまかったから、お前にはそのお礼。あれ、好物なんだよな俺の」

——白々しく知ってますともそうなんですかとも、咄嗟《とっさ》に返せなかった。

どちらでもいいから適当に流さなければならなかったのだ。そうすれば、ただ一つだけ特別に入れたオレンジピールを意識してくれるのか、その反応をレイチェルが意識していたことをごまかせたのに。

じゃあと背を向けたアイザックの口端が持ちあがっていたのは、気のせいではない。

(油断してた……!)

まさか今になって自分の反応を確かめようとするなんて、思ってもみなかった。完全な不意打ちだ。

しかもアイザックが残していったのはそれだけではない。

(お返しは私だけって……!)

とんでもない爆弾《ばくだん》を置いていかれた。

廊下の壁《かべ》によりかかって、レイチェルは顔を両手で覆《おお》ってうなる。手強《てごわ》い。それでこそと思うけれど、恥《は》ずかしい。

(……むいてないかなあ、こういうの。でも、がんばらなきゃ)

ただ恋《こい》をして憧《あこが》れているだけではきっと彼は振《ふ》り向かないから。

「アイリーン様、おかえりなさいませ」

「レイチェル……わたくし……帰ってこれたのね……わたくし、生きて帰ったのねあの屋敷から……！」

「お、お疲《つか》れ様でした。もうおやすみになりますよね？」

「いえ少し仕事をするわ、このまま寝《ね》たら確実にクロード様が夢に出てくる……！　あの凶器《きょうき》みたいな顔と声が迫《せま》ってくるのよ！　もう二度と目がさめない気がするわ……！」

「そ、そうですか……あ、アイリーン様。こちらに皆様《みなさま》からのホワイトデーのお返しが」

「……そういえばレイチェルはどうだったの？　アイザックと」

お仕着せの下になって見えないネックレスを指先でたどって、レイチェルは敬愛する主人に微笑《ほほえ》む。

「内緒《ないしょ》です」

第三幕

◆恋とはどんなものかしら◆

「セレナ！　昨日どーしてすっぽかしたんだよ！」

オーギュストの怒《いか》りの第一声が、皇城の洗濯《せんたく》場に響《ひび》き渡る。

だが両手で洗濯籠《せんたくかご》を抱《かか》えたセレナは、冷たい目を向けてふいとその場を離《はな》れてしまった。

あっけにとられてしまってから、オーギュストはあわててそのあとを追いかける。

「ちょっおい、セレナってば」

「……」

「昨日なんで食事会こなかったんだよ、みんな集まってくれたのに」

「……」

「ひょっとして具合が悪かったのか？　そうなら言ってくれれば」

「死ね」

鋭《するど》い眼光と一緒《いっしょ》に言われた言葉が理解できなかった。だがすぐ我に返り、その横に並ぶ。

「そんなんじゃいつまでたっても友達できないぞ」

「……」

「そりゃさー色々やっちゃってみんなと気まずいのはわかるけど」

「死ね」

「だからなんでそういうことばっかり言うんだよ！」

「あんたがまるで男女の機微《きび》をわかってないお子様だからでしょ！」

倍の勢いで怒鳴《どな》り返されて、目をぱちぱちさせてしまった。そのまま置いておかれそうになって、慌《あわ》ててその背中に追いつく。

（ええっと違《ちが》う、そうじゃなくて！）

言いたいのはそういうことじゃないのだ。セレナとは感情的になってしまうことが多くて、会話がどうにもうまく運ばない。

「すっぽかしたのはいいんだよ、いやよくないけど。みんなに当然だって言われたし、俺だって反省した」

「……あんたが？」

不信いっぱいの表情だが、やっとセレナが顔をこちらにむけてくれたので、大真面目《おおまじめ》に頷《うなず》き返す。

「俺とまだ友達じゃないのに、女の子を男大勢で囲むのってデリカシーなかったよなって」

「……。やっぱり死ねばいいと思う」

「だからなんでそういう――じゃなくて！　だから！　今度は俺とふたりで出かけよう！」

セレナが足を止めた。

オーギュストは華奢《きゃしゃ》なその背中にぶつかりそうになって、慌てて踏《ふ》ん張る。

するとセレナが、壊《こわ》れた人形のようにぎこちない動作で振り向き、呪詛《じゅそ》のこもった声で質問を返す。

「――今、なんて？」

「え？　俺と一緒にふたりで出かけようって……今度の休み、一緒の日だし」

「なんで私の休みを知ってるのよ」

「ゼームスに調べてもらった」

「ああそう。今は公子だからって調子にのって、あの半魔《はんま》」

舌打ちと一緒に吐《は》き捨てられた。そういう言い方をしないで欲しいと言いたかったが、我慢《がまん》する。

アイリーンに注意されたのだ。曰《いわ》く、もう一度セレナを誘《さそ》いたいなら、我慢の一手だと。

「……駄目《だめ》か？」

あとは魔王《まおう》様から授《さず》けられた秘技、上目遣《うわめづか》い。

片方の眉《まゆ》だけをぴくりとあげたセレナは、しばらくオーギュストを見ていたが――やがてものすごく長く深いため息を吐き出し、その凍《こご》えるような眼差《まなざ》しから放たれたとは思えない答えを口にした。

の話。

「わかった！　絶対だからな！」

「やっぱり行かな——」

「えっ嘘《うそ》!?」

「いいわよ」


不用意な発言で撤回《てっかい》されてしまったら台無しだ。

強引《ごういん》に待ち合わせ場所と時間を指定して、オーギュストはセレナと別れた——のが、数日前

「なんとなく、こうなる予感はしてたんだよなー……」

その休日は一般《いっぱん》的な休日で、オーギュストの目の前を親子連れや複数の友人達、あるいは恋《こい》人《びと》同士が通り過ぎていく。まず昼食からの予定だった待ち合わせ時間は一時間前。店の横に建っている時計台の長針は、ぐるっと一度一周してしまった。

（いやなんかあったのかも。それか時間、間違《まちが》えてるとか）

二時間経過。

（……日を間違えてるとか？）

三時間経過。

（いやいや、ゼームスにもカイルにもウォルトにも散々こうなることは覚悟《かくご》しとけって言われ

たし）

四時間経過。

（それでも諦《あきら》めないって決めたのは自分だし）

五時間経過。

（……なんでこんなムキになってんのかよくわかんないけど。でもやっぱり、一時は友達だった子を放《ほう》っておくのもあれだし……）

六時間経過。

（そういやなんで俺が出世したら、セレナはセドリック皇子の愛妾《あいしょう》めざすのやめるって話になるんだ？　いいけどさ、やめるならなんでも）

七時間経過。

（っつーかこれいつまで待ってればいいんだ、俺。でも帰ったあとでこられたらなー……）

八時間経過。

（さすがに腹減ってきた……）

九時間経過。

（帰り時がわかんないんだけど……）

十時間経過。

「何してんだろうなー俺……」

真っ暗になった皇都の街並みを見つめながら、オーギュストはつぶやいた。店の邪魔《じゃま》になららないよう花壇《かだん》の端《はじ》っこでしゃがみこんでいるが、肝心《かんじん》の店はとっくに閉店している。

時刻はもう深夜に近い。最初ここにきたときの賑《にぎ》わいとはうってかわって、行きかう人は少なくなってきていた。

（……さすがにこれは怒《おこ》ってもいいよな？　俺）

よし、明日《あした》怒ろう。

そう決めて、立ちあがる。長時間しゃがんでいたせいか、ほんの少し体がきしんだ。まだまだ鍛《きた》え方が足りない。

体も、多分、心のほうも。

肩《かた》から息を吐き出して、伸《の》びをする。今日は満月のようだ。だから周囲が明るく見えるのか、などと思ったときだった。

こつり、とヒールが石畳《いしだたみ》を叩《たた》く音が鳴る。

「──まだ待ってるなんて、馬鹿《ばか》じゃないの？」

白のスカートの裾《すそ》が広がり、ふわっと甘いにおいが夜風にただよう。灰銀の長いまっすぐな髪《かみ》が、月光にきらきら輝《かがや》いて見えた。

「セレナ……」

「普通《ふつう》、帰るでしょ」

呆《あき》れた言い方に腹が立たないと言えば嘘になる。嘘になるけれど、それ以上に。

「……俺の粘《ねば》り勝ちだ」

ほんの少し笑うと、セレナがむっと顔をしかめた。

「言っておくけれど、通りかかっただけよ。気にしてきたわけじゃないから、そのへん──」

「セレナ。俺ととりあえず友達になろう」

「馬鹿なの？」

「本気だよ」

眉間《みけん》にしわをよせてセレナが黙《だま》った。

その顔をまっすぐ見つめながら、オーギュストは続ける。

「俺はセレナがゼームスにしたこと許せるわけじゃない。でも、……セレナをどっかで馬鹿にしてたのは本当だと思う。それでセレナが誰《だれ》にも頼《たよ》れずにああいうことをしたんだったら、俺だってきっと悪かったんだ」

「……」

「関係ないってゼームスとかは言うけど、俺、そうは思えないんだ。……俺はずっと思ってたんだから。なんでセレナはこんなに必死なんだろうって。でも思うだけだった」

きっと彼女は目立ちたいだけなのだろうと勝手に結論を出して、傲慢《ごうまん》に笑い飛ばして、話を聞こうとはしなかった。

馬鹿にされていることなど承知で、それでも近づいてくる彼女の事情など歯牙《しが》にもかけなかった。

もちろん、セレナは悪い。許されないことをした。そこはオーギュストだってわかっている。

けれど。

「……話くらい、いつだって聞けたはずなのにな」

セレナ・ジルベールは死んだことになっており、まっとうな人生を歩むのは難しいだろう。

そして時間は戻《もど》らない。

つぶやきはそのまま、後悔《こうかい》だった。

「つまり自己満足ね」

「そういう言い方――どわっ⁉」

突然《とつぜん》どさどさと荷物を押しつけられ、視界が箱の山で埋《う》まった。ぐらぐらする上の丸い箱を落とさないよう、オーギュストはバランスを取りながら叫《さけ》ぶ。

「な、なんだよこれ」

「友達なんてお断りよ。でも荷物持ちにくらいならしてあげる」

「はあ⁉　おい、ちょっ」

ひらりとスカートの裾を翻《ひるがえ》してセレナが歩き出した。押しつけられた荷物を持ったまま、オーギュストはそのあとを追いかける。

「ちょっと待てって、セレナ！　なんだよこの荷物」

「今日の買い物。この間の結婚式《けっこんしき》でアイリーンサマの護衛やったでしょ。結構いい額が入ったからぱーっと使っちゃった。さっきまで他《ほか》の人に荷物まかせてたんだけどね。さすがに自分で持つと重いから」

「そりゃあこの量は……って今日出かけてたのかよ!?　誰と!?　また誰かたぶらかしてるんじゃないだろうな!?」

「あんたに関係ないでしょ」

「っていうかなら俺と出かけてもよかったんじゃ――」

オーギュストの非難を、ぐううと間抜《まぬ》けな音がさえぎった。

盛大に鳴った腹の音にセレナが振《ふ》り返る。

「何？　まさかあんた、食べてないの」

「セレナのせいだろ……!?」

「食べる？」

差し出されたのは、三角の紙袋《かみぶくろ》におさまったワッフルだった。さっきから甘いにおいがしていたのはこのせいかと、オーギュストはやっと気づく。

（え、いや、でも食べるって）

両手のふさがっているオーギュストに、セレナがワッフルを差し出した格好のままで待っている。

つまりこれは、いわゆる、あーんの体勢だ。

緊張《きんちょう》してきた。ゼームスの手から勝手に食べ物を取ったりするのは全然、平気なのに。

ごくりと唾《つば》を飲みこんでから、おそるおそる顔を近づける。

ワッフルが口に入る――その直前、さっとワッフルを引っこめられた。

「……」

からかわれた。よりによって待ちぼうけをくわされて、心底腹が減っているこんなときに。

ふつっと怒《いか》りがわいて、はじける。

「セレナ……！」

「ばぁか」

——けれどその怒りは、月明かりの下の笑顔《えがお》に、あっさり霧散《むさん》した。

それは、馬鹿にした嘲笑《ちょうしょう》でもなく、媚《こ》びを売る笑みでもなく、本物の、ただの女の子の。

「ほんと男って単純」

「……」

「何？　怒ってるの？　だったら荷物置いて帰ってもいいわよ」

「……もう一回」

声が掠《かす》れた。なに、と振り向いたセレナに、オーギュストは続ける。

「もう一回、笑って」

——失敗したと悟《さと》ったのは、沈黙《ちんもく》のあとにセレナが眉《まゆ》を吊《つ》りあげた瞬間《しゅんかん》だった。

言い訳を口にするより先にワッフルを口につっこまれ、背を向けられる。

「ほんっと男って最低」

そういうんじゃなくて、という言葉はワッフルのせいで声にならない。

(かわいかったのに)

でもそう言ったら余計怒らせるだろう。それに、ひょっとしたら幻《まぼろし》だったのかもしれない。

(あーあ。まず荷物持ちかあ)

友達までの道のりは遠そうだ。ため息が出そうになったがこらえて、月明かりの通路を進む。

どうしてだか、まあいいかと思う程度には気分がよかった。


背後から鼻歌が聞こえてきた。相変わらずわけのわからない男だ。荷物持ちにさせられて、鼻歌まじりについてくるなんて。

(ほんとーに馬鹿。心底馬鹿)

だが、その調子なら気づかれていないのだろう。

自分の顔が真っ赤になっていることも、やたらうるさい心臓の音も。

これは怒りだ。

決して決して、笑ってなんて請《こ》われたからではない。いつもの苛々《いらいら》する人なつっこい表情とは全然違《ちが》う、胸を奥までそのまま見透《みす》かすような眼差《まなざ》しとかほの暗い甘さを含《ふく》んだ声色《こわいろ》にあてられたわけではない。

──あなた、ただの女の子みたいに、打算も何もなく恋《こい》をする、普通の時間が欲しかったんでしょう?

何もかもわかったような顔をする嫌《いや》な女の顔が浮《う》かんだけれど、そういうのは全部、一年ともたなかった学園生活で捨ててきた。

恋なんてする時間も、憧《あこが》れる時間もない。そんな馬鹿な夢を見て若さを浪費《ろうひ》すれば、あっというまにいい条件の男を逃《のが》してしまう。いつまでも惨《みじ》めな人生に甘んじていたくない。

「セレナ、今度はちゃんと時間に合わせてこいよ」

「……あんたまだ懲《こ》りないの？」

「懲りないよ」

それでも落ちてしまうものが恋なのだとしたら、それはどんなものだろう。

一度はこの人ならと夢見た男が、人の気も知らず屈託《くったく》なく笑った。

◆恋とは落ちるものだから◆

最悪だった。

(アイリーンは逃《に》がさなきゃならない。魔物《まもの》と人間が戦えば、魔王様《まおう》が復活したってそのまま泥沼《どろぬま》の戦争に突入《とつにゅう》だ。それだけはさけなきゃいけない)

たとえ魔王が戻っても情勢が詰《つ》んでしまっては意味がない。

誰《だれ》もが魔王の帰還《きかん》を望んでいる。だからその先を、アイザックは考える。

(犠牲《ぎせい》は少数で、効果は最大限)

そして犠牲になってもいいと思ってくれる人間。

駒《こま》はそろっている。

「……。囮《おとり》を出して攪乱《かくらん》させる」

ああ、最悪だ。そして最低だ。

いくら自分だって、好意をよせてくれる女の子に、他の女の子の身代わりになれなんて言うのがどれほどひどいことかわかっている。

でもやらなければならない。

無事に逃がさなければならないのは、アイリーンだ。

それは彼女もわかっている。

「わかりました、私がアイリーン様になりすまします」

頷《うなず》くだろうと思っていた。自ら志願しかねないともわかっていた。

でも最低だ。最低すぎる。

だからきっと返ってくるのは、軽蔑《けいべつ》とか落胆《らくたん》とか、そんな感情だろうと思っていた。

だって他《ほか》の女のために死ねと言っているのだ。なのに。

「頼《たの》む」

彼女は綺麗《きれい》に微笑《ほほえ》んで、頷く。

誇《ほこ》らしげに、朝日を浴びて、優《やさ》しく。

瞠目《どうもく》したアイザックは、動揺《どうよう》を悟られないように背を向けた。

(最悪)

拳《こぶし》を握《にぎ》って、歯を食いしばった。最悪だ、本当に最悪だ。アイリーンのときもそうだった。

手ひどい婚約破棄《こんやくはき》をされてそれでも泣かない彼女を見て、好きだなんて言い出せない立場になってから、ようやく気付く。

つまり――いつだって自分が恋に落ちたと自覚するタイミングは、最悪なのだ。

「今度のお休みですか？　すみません、もう予定が入っていて」

「あ、そ」

断られることは想定していたので、アイザックはおとなしく引きさがった。

どこからどう見ても完全に作りものの笑顔で「また機会があったら」と心にもないことを言い、レイチェルは仕事に戻《もど》っていく。

(何が機会だ。五回連続同じセリフで断りやがって)

休日の予定が埋《う》まりまくっているようで、大変結構なことである。先日はネタがつきてきたのか、家に一日中閉じこもっていたらしいが、今度はどうするのやら。

こっちがアーモンドたちにそれとなく偵察《ていさつ》させて動向を確認《かくにん》していることくらい、わかっているだろうに――つまり完全に腹の探《さぐ》り合いになっている。

仕事に支障はない。そういう私情をはさむことは向こうも望んでいないだろう。

だから表面上は以前と変わらず、円滑《えんかつ》に仕事は進んでいる。故《ゆえ》に不満はない。

なにせ、自覚して数分後にアイザックが決めた方針は、『現状維持《いじ》』だった。

「不毛だけどな……」

たとえば、その姿を見つけた瞬間目で追ってしまうこととか。

ぼやいて窓枠《まどわく》に肘《ひじ》を突《つ》く。眼下で広がる皇城の中庭では、クォーツと何やら相談しているレイチェルの姿があった。その手の籠《かご》にどんどん花が増えていく。飾《かざ》り付けか、花嫁《はなよめ》のブーケでも相談しているのだろう。皇太子夫妻の結婚《けっこん》式はもうすぐなのだ。

上流貴族の方々のお相手にうんざりして逃げてきたところだったアイザックは、ぼんやりその様子を眺《なが》める。

空き部屋に入りこむ風はさわやかで、大変眠気《ねむけ》を誘《さそ》う。婚礼《こんれい》準備に追われて疲《つか》れていることもあり、ふあっとあくびが出た。手入れもそこそこされているだけのこの部屋は、人気《ひとけ》のない塔《とう》の高層階にある。婚礼の準備に人手が足りないと無理矢理《むりやり》かり出されたアイザックが見つけた、格好のサボり場だ。

相談が終わったのか、レイチェルは今度は荷物を抱《かか》えてぱたぱたと走り出した。その姿を目で追いかけてしまう――やっぱり不毛だ。

（進歩ねーなー……俺……）

仕事仲間の関係を維持し続ける。彼女の気持ちに素知らぬふりをしたのと同じように、自分の気持ちも知らぬふりをする。

要はアイリーンのときと同じだ。それが無難で一番いいと判断した。攻《せ》めも撤退《てったい》も判断しかねるのなら現状維持は戦略だ。

大体、アイザックはまだ腑《ふ》に落ちていない。

（だってぶっちゃけ好みじゃねーし。やっぱりなんかの間違《まちが》いじゃないか？　緊急時《きんきゅう》に勘違《かんちが》いを起こしやすいあれだよあれ。吊《つ》り橋効果）

じゃあどんな女の子が好みなのかと言われたら大変困るのだけれど、少なくとも――初恋《はつこい》だったアイリーンとレイチェルは、全くタイプが違う。

レイチェルは控《ひか》えめで、先頭に立つよりあとからついていくタイプだ。かっこいい女になりたいらしいが、なりたいということは現状、違うということである。そして、人を騙《だま》すとか裏切るとかそういうことができない。そういうレイチェルを侍女《じじょ》に選んだアイリーンは正しい。

ただ、侍女のレイチェルはたまに驚《おどろ》くほど強くて、アイザックはそれが少し苦手だった。おかげでアイザックに対してだけは、気持ちを悟《さと》られまいとやたらと強く出るうえに、ためしてくる傾向《けいこう》がある。

「……あれもかわいくねーしなー……」

「だから、そんなに難しい話じゃないだろう？」

下から聞こえた声に、思考が中断させられた。

「オベロン商会につなぎを作ってくれるだけでいいんだ」

「……なんのことかわかりません」

アイザックが顔を出している建物の壁際《かべぎわ》からレイチェルが離《はな》れようと方向転換《てんかん》する。だが進行方向を男が先回りをしてふさいでしまった。その男の顔に見覚えがあって、目を眇《すが》める。

(皇城に出入りしてる商会の奴《やつ》だな。あんまいい噂《うわさ》きかねーけど)

「顔見知りだろ？　少しくらい話を聞いてくれてもいいじゃないか」

「……仕事がありますので」

「そう言わずに。な、オベロン商会の幹部の誰か、紹介《しょうかい》してくれるだけでもいいから。アイリーン様はドートリシュ公爵令嬢《こうしゃくれいじょう》だろ？　きっとオベロン商会とつながりがあるはずなんだ」

オベロン商会の社長はアイリーンだ。だが、かつて皇太子だったセドリックからつぶされないよう、そして希少価値をあげるために、その正体を隠《かく》していた。そしてそのまま今でもオベロン商会の幹部は伏《ふ》せられ、ドートリシュ公爵家が窓口になっている。

ただ、もうそろそろ顔を出せる代表なり責任者なりを作り、ドートリシュ公爵家から切り離す予定だった。アイリーンはアイザックに代表を任せたいらしいが、まだ検討中だ。

だがこうしてレイチェルがからまれている現実を見ると、急いだほうがよさそうだ。

仕事が増えてうんざりしたところに、耳障《みみざわ》りな男の声が響《ひび》く。

「なあ、頼むよこの通りだ。親父《おやじ》にオベロン商会につなぎがあるって大見得《おおみえ》きっちまって」

「そんなこと言われても私はオベロン商会となんの関係もありませんし、皇太子妃《ひ》になられるアイリーン様にお取り次ぎはできません」

「頼むよ」

男はやたら大げさに下手に出て懇願《こんがん》しているが、格好だけだ。レイチェルは毅然《きぜん》と対応しているつもりなのだろうが、その内逆上させるのが目に見えていた。

(もう少しうまいことかわせっつーのあの馬鹿《ばか》。強く出たら跳《は》ね返されるのが常だろうが)

かといってここで自分が出て行くのもややこしい。面倒《めんどう》はごめんだ。ため息をつき、窓から身を乗り出し上空を見上げると、綺麗に隊列を組んで定期巡回《じゅんかい》しているカラスの姿を見つけた。

「おい――おい！　魔物《まもの》だよな？」

「アイザック！　ドウシタ！」

下に気づかれないように小さく、でも届くように呼びかけると、赤い蝶《ちょう》ネクタイをしたカラスが降りてきた。アーモンドだ。

しいっと静かにするように唇《くちびる》の前に人差し指を立てて、手招きする。内緒《ないしょ》の話が大好きなアーモンドはこくこく頷いて、窓枠に足を下ろした。

「下。あの男、追っ払《ぱら》えるか」

「……レイチェル？」

「そ。からまれてんだ。助けてやっといて、隊長」

「ワカッタ。フライパン、届ケル」

「なんでだよ。そうじゃなくて――」

「――人が下手に出てやってたらこのアマ！」

案の定、男が突然怒鳴《とつぜんどな》りだした。ああもう、とアイザックは下を見る。

レイチェルは驚いたように身をすくめたが、毅然と顔をあげる。目にはいっぱい怯《おび》えをにじませているくせに、まるで――アイリーンのように。

アイリーンみたいになる必要なんて、どこにもないのに。

「何を言われても、知らないものは知りませ」

「ああ⁉ 痛い目みなきゃわかんねーみてーだな――ぐあッ！」

やってしまってからしまったと舌打ちする。

自分で助けるつもりなんてなかったのに。

窓から脳天めがけて落ちてきた本に悶絶《もんぜつ》したあと、男がこちらを振《ふ》り仰《あお》いで怒鳴る。

「何しやがんだお前か⁉」

「あー……わり、落としちまって」

こうなったらごまかすしかない。やっとこちらに気づいたレイチェルが見ているが、別に仕事仲間を助けるのは当たり前といえば当たり前だろう。

腹をくくって、アイザックは愛想《あいそ》よく笑う。

「怪我《けが》がないみたいでよかった」

「そんなわけあるか！　お前、ロンバール商会の三男だな……⁉　おりてこい！」

「まあそう怒《おこ》るなよ。オベロン商会よりいいもんやるからさ」

「ああ？」

胸ポケットからすっと封筒《ふうとう》を取り出す。いつも念のため持っているものだ。それを窓の外に落としてやると、男は不審《ふしん》そうな顔をしながら右に左にと動いて、封筒を手に取った。

「なんだよ、小切手か何かか？　ふん、簡単には許さ――……こ、この紹介状……本物か⁉」

「本物」

真顔で言い切ると、男はごくりと喉《のど》を鳴らしたあとで、いそいそと封筒を懐《ふところ》にしまい、じゃあなどと言っていそいそとその場を離れていった。

欲望《よくぼう》に忠実で大変助かる。ほっと息を吐《は》き出すと、アーモンドが首をかたむけた。

「何？」

「天国への招待状」

「……あの封筒……高級娼館《しょうかん》の紹介状ですよね」

下からレイチェルのつぶやきが妙《みょう》に大きく聞こえた。

一瞬《いっしゅん》ぎくりと指先が震《ふる》えたが、階下からでは見えない。平静を装って、答える。

「ああいう輩《やから》を手っ取り早く追っ払うにはちょうどいい交渉《こうしょう》材料だろ」

「……お知り合いとか、いらっしゃるんですか」

「それお前に関係ある？」

わざと冷たく言い返すと、レイチェルはむっとしたように唇を尖《とが》らせる。怒っているというよりすねているようにも見えた。

それを可愛《かわい》いなとか、決して表に出してはならない。出したら台無しだ。

「……関係ありません。ええ、アイザックさんが誰《だれ》とどうお知り合いでも、アイリーン様にご迷惑《めいわく》がかからないのであれば関係ありません」

「アイリーンは知ってるし」

「──そうですか！　では余計な気を回しました。助けてくださって有り難《がと》うございました、失礼します」

かわいげのかけらもない棒読みで礼をして、レイチェルがきびすを返す。

ほっとして、アイザックは窓枠《まどわく》に突《つ》っ伏《ぷ》す格好になる。アーモンドがレイチェルとアイザックに何度か視線を往復させて、言った。

「嫌《きら》ワレタ？」

「いーよ、別に」

釈然《しゃくぜん》とはしないけれど、現状維持《いじ》。目的は果たされた。

らしくもなく、思わず助けたことなど脳内の議題にはのせない。その背中が消えるまで、目が離せないことだって、気づかないふりをするのだ。


助けるならもう少しまともな方法で助けてくれたっていいのに。

八つ当たりだとわかっているが、そう思わずにいられなくて、歩調が荒《あら》くなる。別にアイザックが誰とどうつきあっていようが、まったく、レイチェルは気にしない。そんなものを豪快《ごうかい》に笑い飛ばせる女になるのだ。

少なくとも、アイザックはそういうことが必要な世界にいる人間なのだと理解しているつもりだし、何より――。

（……かっこよかったし）

あああ、と声にならないまま悶絶してレイチェルはしゃがみこむ。

なんだかんだ言ってちゃんとその場をおさめてしまったことも、冷静で動じないところも、ちゃんとかっこよかった。

きっとあの人はレイチェルにどんな目で見られようが、歯牙《しが》にもかけないに違《ちが》いない。それが悔《くや》しくて、憧《あこが》れる。

「……誘《さそ》いを断ってるのも、あんまりこたえてないんだろうなあ……」

断ることを見透《みす》かしている節さえある。どうにも手強《てごわ》い相手だ。ため息が出てしまう。

でも、それでもよかった。アイザックは罪悪感なんて持たなくていい。

アイザックがあのとき、アイリーンの囮《おとり》にレイチェルを指名したのは正しい。頼《たの》めばきいてくれるだろうというその思惑《おもわく》に腹は立つが、そういう人だからレイチェルは恋《こい》に落ちた。そういうふうに自分を頼《たよ》って欲しかった。

せめてそれだけでも伝わればいいのだけれど、できない。

だって告白してふられでもしたら、まだ弱い自分がどうなるか想像もできなくて、怖《こわ》いのだ。

──だからそれまでは現状維持。

(でも、ちょっとくらい、私のこと気にしてくれてたらいいな)

レイチェルがどうしたって目が離《はな》せないように、アイザックもそうなってくれればいい。

でも恋とは落ちるものなので、願うよりも落とすしかないのだ。

◆何度落ちたってかまわない◆

「こっちの予定は組み直しだ。あと、手順にミスがあるから書類を作り直して欲しい」

「ああほんとですね。こちらの予算はどうしましょう、クロード様？」

「それでかまわないが、人件費が足りているか再確認《さいかくにん》を忘れないように伝えてくれ。その箱にある陳情書《ちんじょうしょ》で印があるものは、事情を魔物に確認させたい」

「アーモンドに任せましょうかね」

「そうだな。これでひととおり午前中の分は終わりだ。あとは――」

執務室《しつむ》で仕事の確認を終えたクロードは書類から顔をあげて、扉《とびら》を見る。キースも少しうしろに体を動かして、同じものを見た。背後の護衛も同じ方向に視線を動かす。

扉の陰《かげ》から、じっとこちらを見ているサファイアのような瞳《ひとみ》があった。

「……いい加減、入ってきたらどうだろうか？　アイリーン」

手がやっと入るほどの隙間《すきま》からこちらを凝視《ぎょうし》するだけで、なぜか部屋に入ってこない婚約者《こんやく》に呼びかける。実はすでに数度目の呼びかけだ。

だが、アイリーンは扉から顔を左半分だけのぞかせた状態で、同じ答えを返した。

「わたくしのことは気になさらないでくださいませ」

「そう言われてもだな……」

「――昼休みにしましょう！　クロード様」

珍《めず》しく休みを切り出したキースが、そっと身をかがめて耳打ちする。

「なんとか時間作りますから、さっさと解決してください」

「しかし、何も覚えがないんだが……」

本音である。

そもそも、アイリーンは体調がようやく戻《もど》ったばかりのはずだ。クロードが記憶喪失《きおくそうしつ》の間にずいぶん無理をしたようで、ここ最近は見舞《みま》いでしか会っていない。昨日の見舞いでも、久しぶりに森の古城に顔を出せると嬉《うれ》しそうに報告してくれて、変わったところは何もなかった。

そして今日、顔を出した――と思ったら、半分しか顔を出してくれない。

「まさかここでフラれないでくださいよ。今、忙《いそが》しいのは婚礼《こんれい》準備のせいなんですからね――ウォルトさんカイルさん、お昼行きましょう。今は持ち場を離れて平気です」

気を利《き》かせた従者は護衛を誘って部屋を出て行く。クロードを守ることを使命にしているウォルトとカイルも、異議を唱えずに従った。

出て行く三人と入れ替《か》わってアイリーンが入ってこないかと思ったが、そう簡単にはいかないらしい。

アイリーンは一度開いた扉をわざわざまた同じ角度に直して、顔半分だけのぞかせる体勢に戻った。

「……」

「……」

「……まだ体調が悪いのか？」

「……いいえ」

珍しく口調が硬《かた》い。かといって怒《おこ》っているというわけでもなさそうだ。

こん、と人差し指で一度執務机を叩《たた》いて考えたクロードは、意識して甘く呼びかけた。

「アイリーン？」

ほんのわずかに、彼女が扉の向こうで身じろぎした。

決して怒ったのではないとわからせるために、クロードはそのまま優《やさ》しく続ける。

「話してくれなくては、君のしたいことがわからない」

「……」

「それとも僕の解釈《かいしゃく》で解決してしまおうか？」

毒のような甘さを含《ふく》んだ脅《おど》しにも、返事はない。だがアイリーンが逡巡《しゅんじゅん》しているのは伝わってきたので、辛抱《しんぼう》強《づよ》く待つ。

ややあって、ぼそぼそとした声が届いた。

「……ていらっしゃいますか……」

「アイリーン」

「――本当に、わたくしを覚えてらっしゃいますか」

目を丸くしてしまう。

アイリーンはさらに扉の向こうに身を隠《かく》して、それでも顔を半分のぞかせることは忘れずに、もう一度尋《たず》ねた。

「また、わたくしを忘れてらっしゃったりしない？」

ああ、と愛《いと》しさが胸に広がった瞬間《しゅんかん》、彼女が膝《ひざ》の上に落ちた。

ぽかんとしているアイリーンの体をそのまま抱《だ》き締《し》める。状況《じょうきょう》を把握《はあく》してアイリーンが叫《さけ》んだ。

「きょ、強制転移させるなんて卑怯《ひきょう》です！」

「大丈夫《だいじょうぶ》だ。僕は今日も君を愛している」

ささやきに、暴れようとしていたアイリーンの動きがぴたりと止まった。

気まずいのか、視線を斜《なな》めに落とし、小さな声で言い訳を始める。

「べ、別に、クロード様を信じていないわけではないのです。そうではなくて」

「不安なんだろう？」

「そ、そうではありません。ただ本当に大丈夫なのか、確認しておいたほうがいいのではないかと思って……いいえ、クロード様があっさり記憶喪失になったのは問題ですけれども！」

「そうだな」

大真面目《おおまじめ》に頷《うなず》き返すと、調子が戻ったのかアイリーンがキッと下からにらんできた。

「そもそもエレファスにしてやられるなんて油断しすぎですわ」

「面目《めんぼく》ない」

「それで記憶も魔力《まりょく》も失って、どれだけ魔物達《まもの》が混乱したか。あなたは王なのです。ご自分の立場をもっと自覚してくださいませ！」

そこで自分も不安だった、怖かったと言い出さないのがアイリーンの可愛《かわい》いところだ。

「いいですか。今後はこういったことのないよう――笑ってますわね!?」

「笑ってなどいない。顔を見ればわかるだろう？」

「ごまかされませんわよ、さっきから花瓶《かびん》の花が瑞々《みずみず》しくなってます！　反省してらっしゃらないでしょう！」

怒った顔もまた愛らしい。

気を抜《ぬ》くと笑い出しそうな表情を引き締めて、クロードは答える。

「とても反省している。すまなかった」

「……そ、それなら許して差しあげますわ。もうすんだことですし。クロード様は結局わたくしを選んでくださいましたし？」

誇《ほこ》らしげにふふんと笑われてしまうと、もう駄目《だめ》だった。

片手で顔を覆《おお》って、クロードは声をあげて笑う。

もちろん、アイリーンは烈火《れっか》のごとく怒りだした。

「ど、どうしてそこで笑いますの!?」

「い、いや。じ、自覚が、ないのかと」

「自覚!? 自覚ならクロード様のほうがことの重大性をわかっていらっしゃらな──」

「す、すねているんだろう、君は」

ぽかんとしたアイリーンに、クロードは肩《かた》をふるわせながら指摘《してき》する。

「君は、もうすんだことを蒸《む》し返して、ぐちぐち言うタイプじゃない」

セドリックのときもそうだった。あれだけこっぴどい婚約破棄《こんやくはき》をされて、彼女は愚痴《ぐち》一つこぼさなかった。

けれどクロードの記憶喪失には、嫌《いや》みなんて彼女らしくないことをしなければ、気がすまないのだ。不安で、クロードが悪いのだと言わずにいられないのだ。

これが愛しく思わずにいられるだろうか。

ちらと顔を見ると、アイリーンは首から頭のてっぺんまでみるみるうちに真っ赤になった。

やはり自覚がなかったらしい。

愛しさをこめて、クロードは誠実に告げる。

「大丈夫だ。今日も僕は君に恋《こい》に落ちた」

「──帰ります!! 放してくださいませ！」

すねている、なんて彼女の矜持《きょうじ》が許さないのだろう。

だがもちろん逃《に》がさない。

「だめだ。君がすねているのは、僕に責任がある」

「そ、そもそもわたくしはすねてなどいません！ 責任とおっしゃるなら、お仕事にもどってくださいませ……！」

「何を言う。僕しか君の不安を取り除けないんだ」

顔をのぞきこんで言い聞かせると、アイリーンはそんなことはないとかなんとか言い出す。

わかっているくせに強情《ごうじょう》だ。

だがそこがいい。

「安心するといい。今日はとけるまで君を甘やかす」

目を細めたクロードの宣言にアイリーンは真っ青になったあと、いりませんと叫んだ。


決してすねたわけではない。

そう思いながら、ぐったりとアイリーンはクロードの胸にもたれかかっていた。悔《くや》しいことに勝負はたったの五分でついた。

クロードの記憶が戻《もど》ったことがよくわかる、責め苦の五分だった。

（そうよね、クロード様につかまった時点で負けだったわ……）

純情だったクロードが懐《なつ》かしくなってきた。もう一度戻ってくれないだろうか。せめて半分くらい戻って欲しい。十分の一でもいい。

でも、怖《こわ》い思いをさせた、もう大丈夫、愛している――そう繰《く》り返されて、やっと不安がなくなってきたことも確かなのだ。

それがいちばん恥《は》ずかしい。

「そうだ、せっかくだから今度は君の可愛いところをあげていこう」

「もういいです、クロード様。記《き》憶《おく》が戻られたのは、よく、わかりましたから……」

「遠慮《えんりょ》しなくていい」

「してません。わたくしが間違《まちが》ってました。……そもそも、もしクロード様が記憶喪失《そうしつ》になっても、何度でも射止めればいいことですもの」

そうわかっていたのに、馬鹿《ばか》なことを言い出してしまったせいでこのざまだ。

だが嬉《うれ》しそうな顔をするクロードに、微妙《びみょう》に腹が立つのはしかたない。——決してすねているわけではなくて、少しくらい意趣返《いしゅがえ》しをしたい。

だからアイリーンは意地の悪い笑《え》みを浮《う》かべて、ためすように尋ねる。

「逆にクロード様は、わたくしが記憶喪失になったらどうしますの？」

「君が？」

「そうです。魔王《まおう》なんて恐《おそ》ろしい、婚約破棄して欲しいと泣き出したりしたら！」

そんな自分は想像できないが、そう言われたクロードを想像するのはわりと楽しかった。我ながら性格が悪い。

（でもクロード様だって少しは困ればいいんだわ。わたくし、今回苦労したもの）

アイリーンがそうしたように、拒《こば》まれても諦《あきら》めず、何度だって恋に落としてくれるのだろうか。

顎《あご》に指を当てて真面目に考えているクロードの返事をわくわくと待つ。

「そうだな……」

やがてクロードは顔をあげ、まっすぐにアイリーンを見つめた。

「まずは君を監禁《かんきん》」

「この質問はなかったことに致《いた》しましょう！」

第四幕

◆ロクサネ・フスカ◆

聖王の玉座の前に引きずり出された自分を、まるで囚人《しゅうじん》のようだと思った。

実際そういう扱《あつか》いなのだろう。

婚約者《こんやく》――もう、元婚約者と言うべきだろう――は、部下ふたりにロクサネの拘束《こうそく》をさせてから、見向きもしない。

言い訳も何も許されなかった。

神の娘《むすめ》に手を出した。罪状はただ、それだけだ。

――あの子は奴隷《どれい》、後宮の宮女です。

――そもそも彼女は聖王の所有物なのですよ、そのような者にかまってはいけません。

――神の娘だと持ちあげられていますが、あなたにふさわしい女性ではないのです。

――フスカ家の面子《メンツ》をつぶすおつもりですか。

――あなたは、わたくしの婚約者といつも会っているのですか。

――わきまえなさい、あなたとわたくしでは住む世界が違《ちが》うのです。

ロクサネが言ったことは、すべて正論だったと思う。でも言えば言うほど、白い目で見られるようになっていった。

そうだろう、と今更《いまさら》ながらに気づく。嫉妬《しっと》に狂《くる》った女が正論で武装していただけだ。そう言われては何も反論できない。

もっと違う方法があったはずなのだ。

(でも、でも。わたくしは、何も……)

――そんなにサーラが羨《うらや》ましいのなら、お前を後宮の宮女にしてやろう。

アレスが嘲笑《ちょうしょう》と一緒《いっしょ》に告げた言葉は、からからに乾《かわ》いたロクサネの恋心《こいごころ》に、最後のひびを入れた。

「バアル様。ロクサネを連れて参りました」

それはつまり、ロクサネを聖王の妻に差し出すということだ。

自分の婚約者から、他《ほか》の男に下げ渡《わた》されるなんて――まるで物のようだ。

さらさらと砂のようにもろく崩《くず》れた恋心が、絶望にかわって降り積もっていく。

「――ロクサネを残して全員、さがれ」

「は？　ですが」

「これを余に差し出すのだろう。ならばお前にどうこう言われる筋合いはない。さがれ」

アレスが怪訝《けげん》そうな顔をしたあと、嘆息《たんそく》をひとつこぼして、こちらに向かって合図した。

後ろ手に縛《しば》られて拘束されていたロクサネは突き飛《つ》ばされて、床《ゆか》に沈《しず》む。大理石の床には天鵞絨《ビロード》の絨毯《じゅうたん》が敷《し》かれていて、覚悟《かくご》したほど痛みはなかった。

荒々《あらあら》しく出ていく足音を遠く聞きながら、こちらに向かってくる靴《くつ》先を見る。

（──聖王。バアル・シャー・アシュメイル様……）

アシュメイル王国の、聖なる王。

この国における高貴な女性は、基本的に家族以外の男性との接触《せっしょく》を控《ひか》える。だからその名を知ってはいても、顔まで知らなかった。評判も、あくまで噂《うわさ》程度で聞いているだけだ。

そもそも妃《きさき》であっても、本来ならば頭をさげて、許しがあるまでは顔を見てはならない相手である。

当然、こんな格好で目通りするなど許されないのだが、もう体に力が入らなかった。

ただ、こちらを睥睨《へいげい》する菫色《すみれいろ》の瞳《ひとみ》を、綺麗《きれい》だなとうつろに見上げるだけしかできない。

そのことを、聖王は怒《おこ》りはしなかった。

ただ芋虫《いもむし》のように転がったロクサネを見下ろしている。

「……神の娘に手を出したのだ。仕方ないとはいえ……罪人扱いだな」

その言葉に、ぼんやりと思い出す。

（たしか、お父様が、バアル様は神の娘を想《おも》っておられると……）

また神の娘だ。

なら、自分のことは疎《うと》ましいだろう。

笑ってやる力などもうない。ただただ、国が二つにわれるかもしれないと心配していた父親のことだけ考える。いっそ自害でもすれば、迷惑《めいわく》をかけずにすむだろうか。

そう思ったとき、ぱちんと指が鳴る音がした。

後ろ手に縛られた縄《なわ》がほどけ、ふわりと体が浮かびあがる。驚《おどろ》いている間に、床に腰《こし》を落とした格好になっていた。

――魔法《まほう》だ。いや、聖なる力だから、魔というのは失礼だろうか。

驚きでややずれたことを考えながら、目の前に佇《たたず》む王をもう一度見上げる。

綺麗な、菫色の瞳。

「正妃になるか？」

「え」

もう泣き枯《か》れて出なくなっていた声が、思わず出た。

聖王は淡々《たんたん》と、もう一度聞いた。

「余の正妃になるか？」

もう動かないと思っていた思考が回り出す。

アレスは自分を後宮に差し出した。宮女になるのだとばかり思っていたが、フスカ家の令《れい》嬢《じょう》である自分をそこまで貶《おとし》めれば父もその周囲の貴族達も黙《だま》っていない。

何より、神の娘ひとりのために聖王が後宮の階級や規則をまげたと思われてはまずい。神の娘にふぬけてしまった王だと、侮《あなど》られてしまうだろう。

そう、アレスは後宮の宮女であるサーラに手を出したが、本来それはふたりとも極刑《きょっけい》に処されて当然の案件だ。だが、サーラが神の娘であり、アレスが国民的人気の高い将軍であり、魔《ま》竜《りゅう》の復活に脅《おび》える現在の世情では、ふたりを極刑にすることは下策だった。

だからこの王は、サーラもアレスも見逃《みのが》した。

そして今、アレスがかわりにくれてやるとばかりに差し出した自分を、正妃にしようとしている。

(わたくしを正妃にすることで、宮廷《きゅうてい》内の権力を調整しようとしてらっしゃるのだわ)

一人娘が聖王の正妃になれば、フスカ家の面子は保たれる。

アレスに妃を奪《うば》われたあげく、その婚約者を押しつけられた——という屈辱《くつじょく》きわまりない醜《しゅう》聞《ぶん》も、その婚約者が正妃となればまた別だ。憶測《おくそく》は広まるだろうが、神の娘が去ったかわりに、後宮にフスカ家の令嬢という高貴な女性を正妃として迎《むか》え入れたという体裁《ていさい》は保てる。

突然《とつぜん》、目がさめたようだった。

このひとは、サーラを想っている。

なのに、その想い人を手放して、その想い人に馬鹿《ばか》な嫌《いや》がらせをした自分を正妃にする。自分の失恋《しつれん》など後回しにして、国のことを考えているのだ。

「返事は?」

「——あ……」

「とはいえ、どちらにせよお前に待っているのは屈辱的な未来だ。誰《だれ》もがお前をフスカ家の権《けん》威《い》にまかせて正妃の座をかすめとった女だと思うだろう。そして お前が正妃だろうと、宮女だろうと、余がお前のもとに通うことはない」

形だけの、正妃。

目の前に出された選択肢《せんたくし》に、ロクサネは呆然《ぼうぜん》とする。

選択肢を差し出されたことが、信じられなくて。

「どうする、ロクサネ・フスカ。アレスはお前を処刑《しょけい》しろと息巻いている。だが、聖王を裏切った神の娘が無罪放免《ほうめん》となるのに、お前ひとりが処刑されるなど道理が通らぬ。余はそういうのは好まん」

時折言葉に苦みをにじませながら、それでも王の顔で、そう言われた。

(この方だって、サーラ様を想ってらっしゃるのに)

馬鹿なひとだ。

ロクサネを正妃にすれば、醜聞は広がり続ける。恋敵《こいがたき》が捨てた女を妻にして、想い人を差し出すのだ。痛みがないわけがないのに、それでもそれが最善だと選ぶのだ。

それなのに、自分ときたら――たかがあんな男のために、人生の終わりを見たような気になって。

(わたくし、は)

――あんな男の婚約者のままで、終わるものか。

奥歯を噛《か》みしめて、傷だらけの恋心を呑《の》みこむ。砂のように降り積もる絶望を、振《ふ》り払《はら》う。

この王の正妃になろう。

そこに恋《こい》も愛もなくてもいい。ここで絶望しておわるのだけは、それだけは、駄目《だめ》だ。

だってほら、目の前のこのひとは、たったひとりで立っている。

「——謹《つつし》んでお受け致《いた》します。わたくしを、どうぞあなたの正妃に」

立ちあがり、指先まで気を張り巡《めぐ》らせて、最高の淑女《しゅくじょ》として完璧《かんぺき》な礼をする。

目を細め、聖王が自嘲《じちょう》気味に笑う。きっと、正妃の座に目がくらんだ愚《おろ》かな女だと思われている。

それでもかまわない。否定しない。

あなたの正妃になりたい。そう思ったことだけは、確かなのだから。


ロクサネが正妃になったと聞いたときの、アレスの顔を思い出す。

驚いたような、初めて傷つけられたような、そんな顔をしていた。

そのあとも、正妃としてロクサネが振る舞《ま》うたびににらまれた。

この男は、聖王に牙《きば》をむく。

なぜだかそう確信して、ロクサネはその顔をにらみ返していた。

(そうはさせない)

王にふさわしいのはあのひとだ、お前じゃない。

そんなことを考えてばかりで、バアルがそのうしろでどんな顔をしているのか、気づかなかったのだ。そんなことをぼんやり考える。

「……お前が魔竜と通じるようなまねをしたのは、バアル様に冷遇《れいぐう》されたからだろう？」

なだめるような優《やさ》しい声色《こわいろ》が、薄暗《うすぐら》い牢《ろう》に響《ひび》く。

一応、尋問《じんもん》の体裁を保つため、椅子《いす》に座ることは許されていた。小さな四角い木机をはさんで座っているのは、アレスだ。

「正妃とは名ばかりで、お前を放置し続けた」

それは、ロクサネに必要以上に情を向ければ、周囲の反感を買いかねないからだ。

手厚く遇《ぐう》すれば、ただでさえ立場の悪い正妃が追いこまれていくことを、バアルは知っていた。一度は処刑しろと息巻いたアレスが何を言い出すかわからないことを察して、先回りしてロクサネに必要最低限の施《ほどこ》ししかしなかった。

それは政治的な判断で、とても正しい。

（そんなことも、わからないなんて。ああでも、わたくしも気づいていなかった）

アレスをにらみ続ける自分を、夫がどんな目で見ていたのか。

「お前ばかりが悪いわけではない」

「……」

「正直に話してくれ、ロクサネ。さみしさ故《ゆえ》に、魔王《まおう》にそそのかされたんだろう」

このささやきはたぶん、彼なりの慈悲《じひ》のつもりなのだろう。

不意に、この男が内乱なんて企《たくら》んだのは自分のせいかもしれない、と思った。

とても傲慢《ごうまん》な考えに、笑《え》みが浮《う》かんでしまう——この男はロクサネの心がはなれてしまうなんて微塵《みじん》も思っていなかったのだ、なんて。

だがロクサネの笑みを見て、まるで昔に戻《もど》ったようなほっとした笑みをアレスも返すのだから、あながち間違《まちが》っていないのかもしれない。

「いいえ」

「……何？」

「わたくしは魔竜など知りません。魔王も知りません。そして——バアル様を、売ったりもしない」

肩《かた》を突《つ》き飛ばしたとき、呆然としていた夫の顔を初めて正面から見た。

ロクサネに伸《の》ばそうとした手が、落ちていく手が、何かをつかみたがっていた。

こんな男にかまけていないで、その手をつかんであげられる自分になればよかった——夫を愛する時間をもっと作ればよかった。

それはきっと正しくない行動だったのだろうけれど。

自然と、唇《くちびる》がほころぶ。驚《おどろ》くほど優しい笑みを浮かべた自分が、アレスの瞳《ひとみ》の中にいた。

もうこの男を必死に追い求めていた自分は、そこにはいない。

「わたくしは、あの方の妻ですから」

頬《ほお》に衝撃《しょうげき》が走る。頬を張ったアレスも、驚いた顔をしていた。衝動《しょうどう》的に叩《たた》いたらしい。

焦《あせ》りも苛立《いらだ》ちも隠《かく》さず、まるで裏切られたような顔をして、アレスは荒々《あらあら》しく牢から出ていった。


「もう動ける」

「なりません」

目がさめた途端《とたん》そう言い出したバアルをいさめるのは、これで数回目だ。

だだっこのようにバアルがわざわざ布団《ふとん》から這《は》い出て、寝台《しんだい》の上に大の字になった。その上にかける毛布をさがしていると、また不満が飛んでくる。

「もう熱はさがった」

「さがっておりません」

毛布をかけて、バアルの額に手をあてる。やはり、まだ少し熱をもっている。

昨日、魔王と一緒《いっしょ》にずぶ濡《ぬ》れになって震《ふる》えて戻ってきたと思ったら、そのまま高熱を出して倒《たお》れたのだ。それに比べればさがったのだろうが、病人には違《ちが》いない。無理は厳禁である。

それを告げようとすると、バアルが先に口を開いた。

「お前の手が冷たいのだ」

子どものような屁理屈《へりくつ》だ。

だがそれを本人も自覚しているのだろう。じっと見つめていると、気まずそうに寝台の布団の中に潜《もぐ》っていく。

ほっと、肩から力が抜《ぬ》けた。

「安静になさってください。……昨夜はひどい熱だったのですよ」

「……お前が看病したのか」

「今は人手が足りませんので」

「――そうか。そうだな」

その口調と顔が王のものになったことに気づいて、慌《あわ》てた。顔には出ないのだが。

「あなたが動かれる必要はありません。あなたが集めた方々は、皆優秀《みなゆうしゅう》ですから」

「……」

「おとなしくなさってください。……困ります」

布団の中から顔だけ出していたバアルが、ごろりと横になった。と思ったら、指先が寝台の脇《わき》から出てくる。

「余がおとなしくしていないと、お前が困るか」

「はい」

「……余が心配か？」

「はい。早くよくなってくださいませ」

「……それまで看病は誰《だれ》がする。お前か」

「はい。あなたの正妃《せいひ》ですので」

「そうか」

寝台脇の小さな椅子に座っているロクサネの衣装についた赤いレースをつまんだり離《はな》したりしながら、バアルはもう一度、そうかとつぶやいた。

ロクサネは、自分の衣装を指先で遊んでいるバアルの手を取って、布団の中に戻そうとした。

だがその前に、手をつかみ返される。

「──お前は、余の正妃か」

「そうですが」

何を当然のことを、と思いながらも、その声が切実だったので頷《うなず》き返した。

少し唇を尖《とが》らせて、バアルが布団の中に顔を半分沈《しず》める。

「情緒《じょうちょ》が足らぬ」

「……どういうことでしょう？　それよりも手を離していただけませんか」

「嫌《いや》だ」

「なぜですか」

「……なぜだろうな」

「まだ熱があって混乱なさっているのかもしれませんね」

「──よし、わかってきたぞ」

「何がでしょう」

「このままでは話が食い違いつづけて、少しも進展せぬことがだ」

手をつないだままで、バアルが起きあがった。

眉《まゆ》をひそめてそれを止めようとしたが、その手を額に当てられ、菫色《すみれいろ》の瞳を閉じられた。

「ロクサネ。——今まで、すまなかっ」

「いけません」

バアルが何をしようとしているのかわかって、強い口調になった。

「謝ってはなりません。あなたは王です」

バアルは瞳を開いて、ロクサネをまっすぐ見つめる。

綺麗《きれい》な目だ。

何者にも穢《けが》されず、魔王にも斃《たお》れない、王の瞳。

(ああ、よかった)

——自分はこれを守り抜いた。

誇《ほこ》りを胸に、ロクサネは繰《く》り返す。

「わたくしは、あなたの正妃として当然のことをしただけです。ですから、わたくしのしたことを、誇らせてください」

「……。そうか。そう、だな。——よくやった」

手を引かれて、抱《だ》き締《し》められた。

嫌悪感《けんおかん》はない。安堵《あんど》だけでもない、うずきがあった。

「よく、余を助けてくれた。——ありがとう。お前は、余の正妃だ」

はい、とロクサネは微笑《ほほえ》む。

やっと、自分があの男の婚約者《こんやく》ではなくなった気がした。たとえ今死んだとしても、自分はこのひとの正妃として人生を終えたことになる。

それが誇らしい。

「……それで……だな、ロクサネ」

「はい」

「つまり、その、今後も余の正妃ということで、かまわぬのだな」

「はい」

「それはつまり、その、余を愛しているということか」

「いいえ」

ただし、ロクサネの素直《すなお》な返事にバアルがそんな馬鹿《ばか》なと絶叫《ぜっきょう》するまで、あと数秒。

◆子どもじみた愛◆

せっかくだから、何か賭《か》けましょう。

そう口にしたのが油断だと言われれば、そのとおりである。同じ年頃《ごろ》で、同じような立場の女性とこうして一対一でカードゲームに興じるような経験が今までなかったから、浮《う》かれていたのだろう。

しかも勝負の結果はここまで五分五分なのだ。これで燃えないわけがない。

「わかりました。では、勝ったほうの望みを負けたほうが叶《かな》えるということでよろしいですか？　ただし、国がかかわるような願い事はなしで」

「ええ、もちろんです。負けませんわよロクサネ様」

「ではわたくしが勝ったら、クロード様と口づけなさるところを見せていただけますか」

「は？」

あまりの衝撃《しょうげき》にアイリーンの手から、入れ替《か》えようとしたカードが一枚落ちた。

「バアル様はわたくしといちゃいちゃしたいと仰《おつしや》っているのですが、あいにく周囲によい手本がなく……子どもじみていて大変恥《は》ずかしいのですが、わたくしは口づけひとつイメージができず困っておりました」

「……い、いちゃいちゃ、ですか……」

「アイリーン様ならばその点、よき手本になってくださるかと思いまして」

「……」

「では宜《よろ》しくお願い致《いた》します」

アイリーンが落としたカードをひろい、ロクサネは自分の手元をさらす。

そこには見事、これ以上なく強い手札がそろっていた。

アシュメイル王国は正午を少し回ったこの時間帯が一番暑く、それ故《ゆえ》に物好き以外は働かない時間だ。

聖王と魔王《まおう》も例にもれず、ふたりして聖竜妃《せいりゅうひ》が作った水場で涼《すず》んでいた。後宮に聖王以外の男は入れないはずだが、魔竜《まりゅう》の一件を境に、後宮は現在半壊《はんかい》状態、聖竜妃が敷地《しきち》の半分を我が物顔で使っている有様だ。誰もとがめない。

砂漠《さばく》の国であっても、聖竜妃が作った水場は格別に涼しい。池の周りは緑が萌《も》えており、半壊した建物が蔓《つる》にからまれて影《かげ》になっているため、ちょっと廃墟《はいきょ》じみたオアシスになっていてそれだけで一見の価値がある。特にこの場所は聖竜妃もお気に入りらしく、勝手に足を踏《ふ》み入れて聖竜妃の機嫌《きげん》を損《そこ》ねないのは、バアルとクロードくらいだとロクサネは言った。だからかまったく人気《ひとけ》がなく、いい休み場になっているのだろう。

そこへやってきたアイリーンとロクサネにまず気づいたのは、池の真ん中で浮かんでいたバアルだった。聖竜妃はどこかに遊びに行っているのか見当たらない。バアルが手をあげたのを見て、池に足をつけていたクロードも振《ふ》り向く。

（うっ）

その姿を見て、アイリーンは思わず足を止めた。

クロードは、髪《かみ》を乱雑に結《ゆ》いあげていた。しかもバアルの水遊びにつきあっていたからか、ただでさえ薄着《うすぎ》の服が着崩《きくず》されている。池につけていたズボンは膝《ひざ》までまくられているし、シャツははだけて鎖骨《さこつ》まで見えるうえ、生地《きじ》が濡《ぬ》れて肌《はだ》が透《す》けている。中途半端《ちゅうとはんぱ》なその有様が、それは艶《なま》めかしい。いっそバアルのように上半身を脱《ぬ》いでいるほうが、よっぽど健康的に見える。

アイスクリームをすくったそのスプーンを唇《くちびる》からはなすその仕草に、思わず目を泳がせてしまった。

「アイリーン？　どうしたんだ」

「い、いえ。ちょっと」

どうしてよりによって、こんなときにいつもと違《ちが》うのか。顔がまともに見られない。

首をかしげるクロードのいるところまでバアルが泳ぎ、岸にあがる。

「なんだ、お前らも水遊びか？」

「おい、勝手に人のアイスを取るな」

「ケチだなお前、魔王のくせに」

「聖王のくせに盗《ぬす》っ人《と》猛々《たけだけ》しい」

「おふたりとも、喧嘩《けんか》はあとでお願い致します。実は――」

「ロクサネ様！　ちょっとお待ちください！」

いつもとまったく変わらない無表情で切り出そうとしたロクサネの口をふさぐ。

「こ、ここはわたくしにおまかせくださいな」

そう言うと、ロクサネはこくりと頷《うなず》き返してくれた。こほんと咳払《せきばら》いをして、アイリーンは手をはなす。

（き、緊張《きんちょう》は不要よ。もうキスは経験済みだもの！）

今更《いまさら》、何を臆《おく》することがある。

そう言い聞かせて、はっと気づいた。

（え、わたくしからするの？　それともクロード様に頼《たの》む……？）

「ロクサネ。そこにあるオレンジを取ってくれ」

「その前にお体を拭《ふ》いてくださいませ、バアル様。体を冷やしてばかりはよくありません」

「いらぬわ、この暑い最中《さなか》――いらぬと言うのに」

岸に置いてあったタオルでバアルの頭をふきだしたロクサネのほうが、よっぽどいちゃいちゃしている。

ここで見本としてクロードに口づけを迫《せま》るなんて、なんの拷問《ごうもん》なのか。

しかもクロードはまんざらでもない顔をしているバアルに冷めた目をしており、完全に白けきっている。この雰囲気《ふんいき》でクロードに口づけをねだる言葉も態度も、アイリーンには思いつかない。

なら、自分から仕掛《しか》けるほうがましというか、それしかない。

「バアル様。お召《め》し替えはきちんと用意されておられますか？」

「この気温だ、放《ほう》っておけば乾《かわ》く。お前は余を子ども扱《あつか》いする気か」

「そういうわけではありませんが……まだ動かないでください、濡れています」

「か、顔を近づけるな。放っておけと言うのに」

「にやけながらよく言う。そう思わないか、……アイリーン？」

首をかしげたクロードの両肩《りょうかた》をがしっと正面からつかんだ。

ぱちぱちとクロードがまばたく。

「……どうしたんだ。怖《こわ》い顔をして」

やり逃《に》げればいいのだ。沸騰《ふっとう》しそうな頭だけでそれだけを考える。目標は唇。

そう、唇。水気を含《ふく》んでやたら艶めいて見える、夫の。

「顔も赤い。まさか熱射病か？」

心配げに眉《まゆ》をよせたクロードの冷たい指先が頰《ほお》に触《ふ》れた。ひっと喉《のど》が鳴り、身をすくめて目を閉じる。

だが一回やったのだ、きっとできる。

簡単だ。目を閉じたまま、クロードの唇めがけて、こう、思い切って。

「アイリーン、とりあえず木陰《こかげ》にッ――!?」

勢いあまって振り下ろした頭が、クロードの顎《あご》にぶつかる。

アイリーンに頭突《ずつ》きをくらったクロードが池に落ちる音を聞いてから、はっとアイリーンは目を開いた。

「ク、クロード様！　クロード様、ご無事ですか!?」

「なるほど……さすがアイリーン様、参考になりました」

「なんの参考かわからんが、余に同じことをするなよロクサネ」


「――つまり、いわゆる罰《ばつ》ゲームで口づけを見せることになり、こうなった……と」

顎を冷やしながらクロードが経緯《けいい》をまとめる。はいと応じたのはロクサネだ。

「ですがバアル様は参考にしてはならないと」

「当たり前だ、頭突きだぞ。なんの参考にするというのだ」

「やはりあれは頭突きですか。アイリーン様の手練手管ではなく」

「い……いえ、ロクサネ様！」

少し離《はな》れた場所で両手両膝《りょうひざ》をつき打ちひしがれていたアイリーンは、地面に向かって叫《さけ》ぶ。

「ここからですわ！　わたくしはその、決して、怖《お》じ気づいたわけでは」

「そうなのですか？」

「そうです！　ここからが本番——」

「アイリーン」

背後に立った影と声にすくみあがると同時に、そのまま一気に木の陰《かげ》まで逃げた。

「ク、クロード様は少し離れてお待ちくださいませ！　精神統一中ですので！」

「勇ましいのは結構だが、いちいち頭突きされてはたまらない」

うぐっとアイリーンはつまると同時に、木の陰からそっとクロードをうかがう。

「お、怒《おこ》ってらっしゃいますよね……？」

だがそこにはクロードはいなかった。

かわりにうしろから腰《こし》をつかまれ、持ちあげられる。

「そう思うなら手間をかけさせないでくれ。この国だと魔力《まりょく》が使えないんだ」

「えっ、は、離してくださいませクロード様！　まだ精神統一が終わっておりません！」

「精神統一の問題じゃないだろう」

ばたばたしている間に、頭突き現場まで戻《もど》り、クロードの正面におろされた。

じっと向けられる視線に、アイリーンは目をそらしつつ訴《うった》える。

「こ、今度はうまくやります。大丈夫《だいじょうぶ》です。目を閉じたりしませんから」

「敗因はそこじゃないと思うんだが」

「チャンスをくださいませ！　このまま引きさがるのは——」

ちゅ、と軽く音がなったと思ったら唇が重なっていた。

「ロクサネ妃《ひ》。これでいいだろうか？」

あまりにクロードが淡々《たんたん》としているので、何が起こったかわからなかった。

「なるほど。そのように。参考になります」

「というか、さっきからなぜ他人のラブシーンなんぞ見たがっておるのだ、お前は？」

「ですから、いちゃいちゃの参考に」

「？　待てさっぱり話がわからん、説明しろ」

そんなロクサネとバアルの会話をだいぶ右から左に流したあとで、やっと何が起こったかアイリーンは理解した。ぱっと唇を両手で隠《かく》している間に、顔の温度が上昇《じょうしょう》する。

「な、な、な……どうして！」

「君を待っていたら日が暮れるだろう」

何回頭突きされるかわからない、ともつけたされて、むっとした。

「そ、そんなことはありません、やればできます！」

「君には絶対無理だと思う」

「なんですのその態度！　少しご自分が慣れてるからって！」

「別に僕が慣れてるわけではない。君が不慣れなだけだ」

そう言ってクロードが立ちあがるのと一緒《いっしょ》に、手を引っ張られた。

「僕らは先に戻ろう。聖王はしばらく使い物にならないだろうからな」

「どういう意味——」

クロードに手を引かれながらうしろを見ると「余の妻が可愛《かわい》い！」と叫んだバアルがそのまましろむきに池に落ちていった。ロクサネがおろおろしているようだが、確かにあれにかかわりたいとは思わない。

（いちゃいちゃしてるじゃありませんか、十分に！）

なんだか腹が立ってきて、足音荒《あら》く前進する。

アイリーンの憤《いきどお》りがわかったのか、木陰を進むクロードがふっと笑った。

「いちゃいちゃのお手本か。一番君の苦手な分野だろうに」

「そ、そんなことはありませんわ」

「結婚《けっこん》してからも口づけひとつしない僕にしょんぼりしてるだけだったのに？」

気づいていたのか。腹が立ったが、ここで言い返したら思うつぼだ。

ふんと顔をそむけ、話をそらす。

「わたくしはただ、ロクサネ様のお力になれるならと思っただけですわ！」

「君はだいぶ正妃《せいひ》に親切だな。……心配しなくても大丈夫だ」

「どうしてそう言い切れるのです」

「見ていればわかる。片方は無自覚でも、あそこは今、お互《たが》いに相手にぼうっと見惚《みと》れ目が合っただけで赤面する、子供じみた恋《こい》真っ盛りの頃合《ころあ》いだ。下手にかかわったらあてられるだけだぞ」

確かにそれはあるかもしれないと思いつつ、クロードを見あげた。

涼《すず》しい顔で先を歩くクロードの後《おく》れ髪《がみ》と、首筋が見えて、ぱっと目線をさげる。じわりと頬が赤くなるのがわかった。

歩みが遅《おそ》くなったアイリーンに気づいたクロードが、足を止めて振《ふ》り向く。

「アイリーン？」

「……。わたくし、子どもっぽいのでしょうか」

「なぜ？」

「だって。……クロード様が普《ふ》段《だん》と違《ちが》う格好をなさってるだけで、目のやり場に困ります」

髪を結《ゆ》いあげて、ズボンを膝《ひざ》までまくり、両腕《りょううで》と足を出して、魔《ま》王《おう》でも皇太子でもない、普《ふ》通《つう》の青年みたいにしているだけで、もうどうしていいかわからない。

「て、手をつないでこんなふうに歩くのも、エルメイアでは滅多《めった》にありませんし……」

「……」

「……確かにわたくしにはロクサネ様のお手本だなんて早かったかもしれません……クロード様？」

黙《だま》りっぱなしのクロードの反応をそっと上目でうかがうと、クロードがあいている手で目元を覆《おお》う。そして少し顔をそむけながら、ぽつりと言った。

「僕の妻が可愛い……」

「はい？」

「いや、ちょっと考えるから、待ってくれないか」

待つって何をだろうか。

首をかしげたアイリーンは、再び前へと歩き出したクロードの耳が赤いことに気づく。

きっと髪をあげていなければ気づかなかっただろう。

そう思うと、つないでいる手もじんわり微妙《びみよう》に汗《あせ》ばんできている気がして――アイリーンは笑ってその腕《うで》に抱《だ》きつく。

らしくなく、クロードが体勢を崩《くず》した。それがもう、たまらなく愛《いと》おしくて嬉《うれ》しい。

「でも、クロード様だって意外と子どもっぽいってわたくし、知ってますわ」

「心外だ」

すねたような声をしているくせに、クロードがこちらを向く。きっとこのひとも負けず嫌《ぎら》いだ。

近づいてくる唇《くちびる》に、アイリーンは目を閉じる。

だいすきなんて子どもじみた愛の言葉は、重なった唇にとけて消えた。

第五幕

◆アメリア・ダルク◆

神聖ハウゼル女王国は神の時代から続く歴史があり、砂漠《さばく》や肥沃《ひよく》な森林、険しい冬の山脈や高原を抱《いだ》く広大なラフォード大陸の中心になってきた大国だ。

その女王の戴冠式《たいかんしき》となれば、儀式《ぎしき》の手順の説明だけで一日がつぶれるほど複雑であり、また説明もやたら格式高いものだから、とにかく時間がかかる。そのくせ要点をまとめると『決まった衣装で決まった役職から決まった祝辞を受け決まった返答をしそれを決まった順に決まった時間どおりに動く』でしかない。

もちろん、次期女王が儀式の意味がわからないなど許されないので、とにかく暗記するのだが、それはアメリアにとって女王候補生時代にすませたことだ。

（くだらない）

聖剣《せいけん》の乙女《おとめ》がハウゼル女王になる異例の戴冠式に、皆《みな》が張り切っているのはわかる。祝いに駆《か》けつけた人々もこれまでにない数らしい。それを冷めた目で見てはいけないのだが、アメリアは皆が祝っているよりも、ほっとしていることを知っている。

皆、アメリアが聖剣を手に入れて讃《たた》えるでも喜ぶでもなく、なんとか体面を保ってくれたと安堵《あんど》しているのだ。母親である女王陛下ですら、自分の予知が間違《まちが》っていなくてよかったと胸をなでおろしている。

きっと明日の戴冠式でも、皆の話題を集めるのは自分ではないのだろう。アメリアより先に聖剣を手に入れ、魔王ルシェルの妻になった姉のグレイスは、戴冠式にくるのだろうか——。

「アメリア」

呼びかけと一緒にテラスの窓硝子《まどガラス》が鳴った。

自室でさっさと休もうとしていたアメリアは呆《あき》れる。ここはハウゼル女王国の王宮だ。女王に次ぐ身分の高い者として与《あた》えられた自室は女王の住居区画近く、王宮の中でもかなり高い階層にあり、警備だって甘くない。

そんな場所に堂々と現れるとは、相変わらずこの姉は型破りすぎる。

「グレイスお姉様……どうなさったのですか。王宮の門はあいているでしょう？」

テラスをあけてから、アメリアは夜風の冷たさに身をすくめる。まだ冬なのだ。最近、神具で気温が一定に保たれている王宮に入り浸《びた》りで、季節のことなど忘れていた。

「面倒《めんどう》じゃないか、正面から入ったら。女王の娘《むすめ》だ次期女王の姉だと賓客扱《ひんきゃくあつか》いは面倒だ。それにルシェルもいて……どうしたんだ、ルシェル。なんでおりてこない」

「えっだって、年頃《としごろ》の女性の部屋には入っちゃだめだって言ってたじゃないか、グレイス」

ふと視線をあげると、テラスの縁《ふち》の向こうで浮《う》いている魔王がいた。黒に黒を塗《ぬ》り重ねたような闇夜《やみよ》にも、きらきら灰銀の髪と赤い双眸《そうぼう》が輝《かがや》いて見える。

「アメリアは僕の義妹《いもうと》だけど、女の子だろう？　だから」

「それはそれ、これはこれだ。警備に見つかる。ただでさえお前は目立つんだから」

「大丈夫《だいじょうぶ》だよ、目くらましをかけてる。でもアメリア、テラスにおりてもいいかな。ここからだと僕だけ上から見おろしてて、えらそうっていうか、魔王っぽいっていうか……」

「……どうぞ」

できるだけ感情がこもらないよう答えると、ルシェルがはにかんで目の前におりたった。

「よかった。元気だった？　アメリア。この間はなんか、事情を説明するだけでいっぱいいっぱいだったから」

事情――ルシェルが魔物《まもの》だと真実の鏡の前に引きずり出されそうになったときの話だ。

そのときアメリアはこの男が、姉のグレイスと結婚していることを知った。

「あのあと、アメリアがずっと心配だったんだ。やっぱり僕と知り合いっていうか、義妹っていうのはまずかったかなあって。あ、でも聖剣を手に入れたって聞いたよ！　よかったね」

「お前、それでも魔王様だろう。その聖剣で討《う》たれるかもしれないんだぞ？」

「う。……で、でも、これでアメリアを女王にふさわしくないなんて言うやつは、きっといなくなるじゃないか。僕はそれが嬉しいんだよ。アメリアはずっとずっと頑張《がんば》ってたんだから」

言葉にまっすぐ嘘《うそ》がないことが、ぎりぎりアメリアの胸をしめあげる。

ルシェルは綺麗《きれい》に笑う。いつだってこの男は、綺麗にてらいなく、笑うのだ。そうだな、と誇《ほこ》らしそうに頷《うなず》く姉と一緒《いっしょ》に。

アメリアが女王になることを心から祝い、ふさわしいと心から信じている人物は、このふたりしかいないのだ。なんという皮肉だろうか、とアメリアの唇に笑《え》みが浮かぶ。

「それで、おふたりはどうされたんですか」

「ああ、そうだそうだ話がそれた。あのな、アメリア。君は明日から女王だろう。大変なお役目だ。気が休まるときも少なくなってしまうだろう」

そうですね、とさめた気持ちでアメリアは頷き返した。そんなアメリアに茶目《ちゃめ》っ気たっぷりに姉が声をひそめる。

「だからな、ちょっと最後にハメをはずさないか」

「……はい？」

この姉はたまに理解に苦しむことを言う。その姉の横でそうそう、とルシェルが頷いた。

「えっとね、今日は明日の戴冠式に向けてお祭りやってるんだよ。ほら、アメリアが大好きだったケーキもね、食べ放題なんだって。一緒に行こう！」

「食べ放題……」

なんだか本日の小難しい儀式の説明の数々がすべて台無しになる言葉だった。

「大丈夫、これでも僕、魔王《まおう》だし！　ごまかせるから」

「……ごまかしてはいけないと思うんですけど」

「大丈夫だ、それくらい。わたしもよくやった！　楽しいぞ」

あなたと一緒にしないでください、という言葉をアメリアはどうにか呑《の》みこんだ。

「というわけで行こう、アメリア。女王になる前の君を、忘れないように」

「そうだよ。僕の義妹なんだから甘えてよ」

頷いてしまったのは、握《にぎ》りつぶした魔王への初恋《はつこい》の熾火《おきび》が残っていたからなのか、自分は勝ったのだと姉への優越《ゆうえつ》感を得たかったからなのか、わからなかった。


ルシェルの言うとおり、城下町は昼間のように明るいまま、にぎやかだった。あちこちに飾《かざ》られた白い花々が街灯に照らされ、夜風にゆれている。暖を取るための火も焚《た》かれており、心なしか寒さも和《やわ》らいでいる気がした。

姉と義兄《あに》とおそろいの厚手のケープを頭から被《かぶ》り、アメリアは白い息を吐《は》きながらあたりを見回す。新しい女王の誕生を祝う祭り、すなわち自分を祝う祭りなのだが、どうにもぴんとこなかった。

「ケーキの食べ放題、昼間だけだって……」

「ちゃんと調べないからだ、お前は。そもそも食べ放題なんてもったいない。他《ほか》のものが食べられなくなるじゃないか」

「グレイスがいれば大丈夫かなって」

「お前はわたしをなんだと思ってるんだ？　まあいい、今夜はアメリア優先だ。アメリア、何が食べたい？」

尋《たず》ねられてアメリアは戸惑《とまど》う。右からルシェルが、左からグレイスが、自分をのぞきこんできた。

つまり自分が真ん中にいるのだ。当然のようで、少し不思議だった。

「……なんでも、いいです」

「それは人任せの無責任な回答だぞ」

姉の言い方にむっとしたが、その前にルシェルが口をはさんだ。

「これだけ露店《ろてん》があったらアメリアだって答えに迷うよ。それに今日はアメリアのお祝いってグレイス言ってたじゃないか。なら、僕達が率先《そっせん》してお祝いしてあげなきゃ」

アメリアは悪くないよと、いつものように優《やさ》しく言ってくれる。ルシェルは今でもアメリアはいい子だと信じているのだ。

ずっと救われてきた優しさと信頼《しんらい》だった。今は救われていた分のみじめさを、ぎゅっと手でにぎりしめる。

「む……確かにそうだな。わたしが悪い。アメリアのお祝いだったな」

「あ、教会がカヌレを出してるよ。アメリア、ひとつ食べよう」

「何を言ってる、ルシェル。お祝いなんだぞ。まず肉だ！」

拳《こぶし》を握って力説するグレイスに、ルシェルが顔をしかめた。

「それはグレイスの食べたいものでしょ。アメリアはあんまりそういうの、好きじゃないよ」

「？　そんなはずはない。試験が終わるとよく食堂でステーキを噛《か》みちぎっ――」

「グレイスお姉様！」

姉に毎回してやられた腹いせに肉を噛みちぎっていたところを見られていたらしい。ルシェルの前では小食で可愛《かわい》い女の子を演じていたから、なおさら焦《あせ》る。

さえぎられたグレイスはきょとんとしていたが、アメリアの顔を見て納得《なっとく》したように頷き、なぜかルシェルに勝ち誇った。

「ああ、そうだな。義兄とはいえ、教えてやることでもないか」

「……どういう意味？」

「わたしとアメリアは仲のいい姉妹だということだ。ほら、お前はさっさとカヌレでもなんでも買ってこい」

しっしと追い払《はら》うように手を振《ふ》られたルシェルの赤い目が、物騒《ぶっそう》に光る。たまにアメリアがぞっとすることもあった、魔王の顔だ。

「アメリアとグレイスはまだ姉妹だってわかって一年もたってないじゃないか。それでアメリアのことを知ったかぶるのは、どうかと思う」

アメリアがいつもグレイスに思っていたことをルシェルが言った。胸がすく反面、姉の反応が気になって、アメリアはそっとグレイスをうかがう。

「私はアメリアが女王試験を頑張ってる姿をずっと見てきた。時間は関係ないだろう」

堂々と仁王立《におうだ》ちでグレイスは断言した。この姉のこういうところがアメリアは嫌《きら》いなので、そうですねと内心馬鹿《ばか》にして終わるのだが、今は違《ちが》う。ルシェルがむきになって言い返す。

「だったら僕だってアメリアの頑張りはずっと応援《おうえん》してたよ。いっぱい色んなところに出かけたし、グレイスなんか途中《とちゅう》で魔界《まかい》に落っこちて行方《ゆくえ》不明になってたじゃないか」

グレイスが魔界に堕《お》ちたのはアメリアのせいである。一瞬《いっしゅん》ぎくりとしたが、グレイスはまったく思いもしないことを言った。

「それはお前が帰ってくれるなと言ったせいだろうが！」

「そうだけど僕がその間、ずーっとアメリアに会ってたのは本当だからね！　なのに僕を仲間はずれにするのはおかしいよ、僕はお義兄《にい》さんだもん！」

「何が『だもん』だ……」

「アメリアは甘いもの好きだって言ったよね⁉　僕とケーキ食べたもんね⁉」

泣き出しそうな顔で確認《かくにん》するルシェルに押されて、アメリアは頷く。甘いものは好きだ。嘘は言っていない。

「ほら、僕はわかってるし！」

「アメリア、義兄だそうだから、こいつにもう遠慮《えんりょ》などしなくていい。あそこのソーセージはうまそうだ、一緒に食べよう」

「僕のカヌレのほうが先だよ！」

「あ、あの、両方、食べますから……」

疲《つか》れを感じて妥協案《だきょうあん》を出すと、ふたりが競争とばかりにそれぞれの露店に駆《か》け出していった。

結果、アメリアはいきなりひとりで取り残されてしまった。

（なんなの、あのふたり……）

ルシェルはもともと世間知らずなところがあったが、姉も相変わらず気遣《きづか》いがない。あれが夫婦《ふうふ》とか、大丈夫《だいじょうぶ》なのか。

突《つ》っ立って待つのも馬鹿馬鹿《ばかばか》しいので、焚き火を囲んでいるベンチの一角に腰《こし》をおろした。

誰《だれ》もアメリアに気づく様子はない。

それでも、明日からアメリアがこの国の女王だ。

勉強も努力もしてきた。姉を魔界に堕としもした。ひとときだけ、初恋にのぼせて女王の座を捨てるような危険な真似《まね》もしたけれど、最終的には聖剣《せいけん》まで手に入れたのだ。

（……私は、立派な女王に、なれる）

寒さで赤くなっている手の平をひらいて、にぎる。

冷たさは痛みを、感覚をにぶくする。みじめさとか、怒《いか》りだとか、そういったものも感じにくくなるのだろう。だからあのふたりと歩いていても、大事なものだけにぎっていられる。

「アメリア、カヌレ！」

肩《かた》で呼吸をしながら先に戻《もど》ってきたのはルシェルだった。そこまで必死になることかと呆《あき》れたが、一緒《いっしょ》に飲み物も買ってきてくれたのはなかなか気が利《き》いている。

アメリアがいただきますと受け取ると、ルシェルはぱっと輝《かがや》くような笑顔を返した。犬っぽいなと馬鹿にできることに安心した。もう、ときめいたりはしない。

「……君が女王になってくれてよかったと思うんだ、ほんとうに」

カヌレにかぶりついたところで、ルシェルがしみじみと言う。

「そうでなきゃ僕はきっと人間と対立することになった。グレイスもまきこんで」

つまり結局はグレイスのためだ。アメリアは都合がよかった、そういう話だ。

カヌレを食べる歯に力をこめる。顔には出すまい、口にも出すまいと思った。それはみじめで、弱い人間のやることだ。

「本当なら新しい国の皇帝《こうてい》夫妻って形で、明日の戴冠式《たいかんしき》、グレイスと出席したかったけど、断られちゃったんだ。エルメイアなんて国は存在しないからって」

「……それは、女王陛下のご判断で？」

「たぶん。グレイスは娘《むすめ》だからって出席が許可されたんだけど、グレイスがそんな馬鹿な話があるかって怒《おこ》っちゃって……だから僕達、明日のアメリアの晴れ姿、見られないんだ……」

しょげるルシェルの無知さを憐《あわ》れだと思い、姉の無謀《むぼう》さを内心で嘲《あざけ》った。

正面からのりこむようなやり方で、魔物《まもの》と人間が共存する国など、認められるわけがない。

でもこのふたりは馬鹿だから、そんなこともわからないのだろう。同じくらい周囲も馬鹿だから、このふたりにただ脅《おび》えて拒絶《きょぜつ》するしかできない。

自分はもっと違う場所に行く。このふたりすら利用できる側の人間になるのだ。

「私が女王になれば、きっと、力になれると思います」

ぱちり、とルシェルは目をまばたいた。

アメリアの式典に出席できないという話をしていただけのつもりなのだろう。本当に裏のない魔王《まおう》なのだ。

「もちろん時間はかかると思います。でも、待っていてください。必ず助けます」

「……でも」

「この国の新しい女王でなければ、できないことです」

他《ほか》の馬鹿達にできるわけがない。もちろん、当事者の姉にも義兄《あに》にもできない。

胸がすっとした。

今の気持ちこそが、アメリアが描《えが》く、女王にふさわしい矜持《きょうじ》だと思った。

「アメリア！　焼きたてだぞ！」

その清々《すがすが》しい気持ちを吹《ふ》き飛ばすような、脂《あぶら》ののった香《こう》ばしいにおいが漂《ただよ》ってきた。出鼻をくじかれたような気分で姉を見るが、本人は目をきらきらさせている。

「せっかくだから焼いてもらったんだ、うまいぞ。絶対うまい」

「アメリアはもうカヌレを食べちゃったよ」

「そんなことどうでもいい！　さあ食べようアメリア。はんぶんこだ」

「えっ僕の分は……」

アメリアを挟《はさ》んでルシェルと反対側に座ったグレイスは、情けない夫の声を無視して自慢《じまん》げにアメリアに戦利品を見せる。

「マスタードもつけてもらったんだ。絶対にうま――」

「私、マスタードは苦手です」

初めて、本当のことを言ってみた。ぴしっとグレイスが固まり、みるみるうちに消沈《しょうちん》する。

「……そうか……苦手か……それは知らなかった……なんてことだ……」

「グ、グレイス、そこまで落ちこまなくても。もう一本買ってきたら――」

「でも、食べてみます。食わず嫌《ぎら》いだったので」

グレイスが目をまん丸にしてこちらを見た。小気味よかったので、その手から串刺《くしざ》しにされているソーセージを取る。

まだ湯気があがっているあつあつのソーセージは、つけすぎじゃないかと思うくらいたっぷりとマスタードがかかっていた。それでも、思い切ってえいっと口に含《ふく》んで食べる。

もぐもぐと口を動かすアメリアを、両側から固唾《かたず》をのんで姉と義兄が見守っていた。

ここでも自分が真ん中だ。このふたりじゃない。

自分が、世界の中心なのだ。

「……おいしいです」

「――だろう!? だろう、合うんだこれが!」

満面の笑《え》みを浮《う》かべる姉の脳天気さが嫌いだった。でも、不思議と今は嫌《いや》な気がしない。

そのままふたりに今度はこれだいやこれだと、次々におすすめの品を渡《わた》されて、アメリアは笑う。ハウゼル女王国にきてからいちばんたくさん、笑った。

世界の真ん中で笑っていると、やがて空が新しい時代を告げるように、白み始めた。

日記をつけ忘れてしまった。寝《ね》ぼけ眼《まなこ》で戴冠式をやりすごし、最後の女王継承《けいしょう》の儀式《ぎしき》を行う祭壇《さいだん》へ向かいながら、アメリアはあくびをかみ殺す。

とにかく式典というものは眠気《ねむけ》を誘《さそ》うのだ。姉と義兄は戴冠式に出席しなくて正解だったんじゃないかと思う。──現女王陛下は、聖剣の乙女《おとめ》ではなく魔王の妻だというならばもう二度とハウゼル女王国に足を踏《ふ》み入れるなと、姉と義兄を戴冠式前に追い出したらしい。馬鹿なことをすると呆れてしまった。

そんなもの、もうアメリアの胸ひとつで決まる世界になるのに、いつまであの母親は女王ぶっているのだろう。

ハウゼル女王が代々受け継《つ》ぐ予知と過去視。これさえ継承すれば、アメリアが女王になる。

聖なる力がないと見えない門の前にたどり着く。

凜《りん》と顔をあげ、アメリアは紡《つむ》ぐ。ここから、正しい運命と未来を紡げるように。

「──聞け過去よ、開け未来よ、我は聖と魔《ま》を継ぐ乙女なり」

◆聖竜妃《せいりゅうひ》が夕暮れに見たものは◆

昔、大きくなれば好きな人のお嫁《よめ》さんになれると言ってくれた人がいた。それは本当のことで、素敵《すてき》な名前までもらって、魔王様に祝福されて、マナは聖竜妃になった。

マナは、旦那《だんな》様のバアルと言葉を交《か》わせない。けれどバアルはとても観察眼の鋭《するど》い人間で、なんだかんだマナの言いたいことをわかってくれるし、大事にして可愛《かわい》がってくれる。

そのバアルにはたくさんお嫁さんがいる。後宮という制度のせいらしい。

だが、偉大《いだい》な古代の竜であるマナは「しもじものこと」など気にしない。強い雄《おす》に雌《めす》が群がるのは当然だし、正直、人間の制度はちょっとわからない。

ただし、それはたったひとりをのぞいての話だ。

夕暮れ時。アシュメイルの土地が燃えるように赤く染まる時間、お気に入りの水場にさした影《かげ》に、むっとマナは顔をあげた。ここにマナの許しなく入ってきてもいいのは、旦那様と魔王様だけと決めている。威嚇《いかく》するように喉《のど》を鳴らすと、はっとサンダルを履《は》いた足が止まった。

「も、申し訳ございません。気づかずに……」

初めて自分がいる場所に気づいたという顔で、この世界で一番気に食わない女が立っていた。

ロクサネ、という名前の人間の女だ。

聖なる力も持ってない。魔力《まりょく》ももちろんない。マナがちょっと本気で尻尾《しっぽ》で振《ふ》り払《はら》えばすぐに死ぬだろう。でも、魔王様に人をむやみに傷つけてはいけないと言われているし、暴力的な女の子なんて旦那様に嫌《きら》われてしまう。だから我慢《がまん》している——というわけでも、ないのだが。

とにかく気に入らないのでにらみつけたのだが、らしくなくロクサネはぼうっとしているようだった。いつもの腹が立つくらいきびきびした覇気《はき》がないことに気づいて、ちょっと不気味になった。そういえば目の下にうっすら、隈《くま》がある気がする。

バアルの看病で疲《つか》れているのだろうか。

先日大きな戦いがあって、バアルは無事帰ってきたけれど、過労で倒《たお》れてしまった。心配でおろおろするマナに「サーラ様もおりますし大丈夫《だいじょうぶ》ですよ」と言い聞かせたのは、他でもないこの女である。看病していたのもこの女である。バアルの寝室《しんしつ》とつながっている寝床《ねどこ》からずっと監視《かんし》していたので、間違《まちが》いない。魔王様の国と交渉《こうしょう》しているときは思わずマナが尻尾を丸めるほどの怒気《どき》を見せていたので、てっきり元気だと思っていたのだが——でもそういえば、この頃《ごろ》は少し様子がおかしかった気がする。

特に、神の娘と将軍とかいう男とバアルが三人でいるときだ。今と同じ、どこか遠い目をしている。絶対にロクサネより先にバアルにかまってもらおうと待ち構えていたから、マナはよく知っているのだ。

そもそも、この女がぼうっとしているなんて珍《めずら》しい。この国で誰《だれ》よりもマナに敬意を払っているこの女が、さっさと立ち去らず突《つ》っ立っていること自体、おかしいのだ。

どうしたのか、と問いかけるかわりに長い髭《ひげ》をちょいちょいと動かして、ロクサネの頬《ほお》をくすぐってみた。目を丸くしたロクサネがやっと正気に返ったような顔をする。

「お優《やさ》しいのですね」

当然である。胸を張ると、ロクサネはその場に腰《こし》をおろした。やっぱり、らしくない。

「……わたくしも、そんなふうに優しくなれればいいのですが」

なんだか意味がわからないことを言い出した。目をぱちぱちさせると、ロクサネが苦笑いまじりにこちらを向く。

「聖竜妃様は、バアル様がサーラ様を好いてらっしゃったことを知っておられますか？」

知っている。散々愚痴《ぐち》で聞いた。頷《うなず》くと、ロクサネがそうですか、と返す。

「聖竜妃様は器《うつわ》が大きくてらっしゃるのですね……わたくしは、駄目《だめ》です。駄目だとわかっているのに駄目です。同じ失敗はすまいと思うのに……あの三人を見ているとどうしても、余計なことを思い出してしまうんです。……捨てられたことを」

何がなんだかわからずに首をひねっている間にも、ロクサネの話は続く。この国の人間はマナに一方的に話を聞かせなければ死んでしまう習性でもあるのだろうか。

「後宮がなんのためにあるのか、理解しています。バアル様に正妃《せいひ》にしていただけただけで満足すべきです。なのに、嫌だと思うようになってしまいました。正妃失格です。このまま自分の務めも果たせず、嫉妬《しっと》に狂《くる》った馬鹿《ばか》な女に逆戻《ぎゃくもど》りしてしまうのではと思うと、怖《こわ》くて……」

膝《ひざ》を抱《かか》えてロクサネが顔を伏《ふ》せてしまう。マナはおろおろした。

「……失態をしでかす前に、実家に戻ったほうがいいかもしれません……」

「ウギャッ!?」

なんの話だかさっぱりわからないが、焦《あせ》った。そんなことになったらバアルが悲しむに決まっている。

だってバアルはこの女が好きなのだ。マナはいつだって相談されている。

どうしよう。放《ほう》っておいたらまずいんじゃないだろうかと思ったところで、もうひとつの気配に気づいて顔をあげる。泣き笑いのような顔をマナに向けたロクサネは気づいていない。

「みっともないと笑ってくださってかまいません。……夫に恋《こい》をするなんて、本当はなんの罪もないことなのに、わたくしは、そんなことさえうまくできない」

「……」

「だってそうでしょう。バアル様は、わたくし以外の女性を大勢妻に持ち、そして子をなさねばなりません。それに耐《た》えられないならば、正妃から退くべきです。そのような女は、バアル様の妻にふさわしくないのです。わかっております」

「……」

「でもわたくし、それもできないのです。おそばを離《はな》れたくない。あの方の妻でいたい。そのうえ、たったひとりの妻になれないか、そう考えてしまうのです。そんな自分が恐《おそ》ろしいのです。あの方を愛して愛される、その方法ばかり、考えてしまって」

「あー……あの、ロクサネ」

泣き出さんばかりに悲痛な顔で訴《うった》えていたロクサネが、すさまじい速さで振り向いた。

そこにはマナの大好きな旦那様が、両手で顔を覆《おお》って立っている。

「……ちょっと、その辺でいったん止めてくれ。余の心臓がちょっと、その、困る」

「……。いつから」

「いや、盗《ぬす》み聞きをするつもりはなかったのだ。ただマナのもとに誰かが侵入《しんにゅう》したのがわかったので、マナが機嫌《きげん》を損《そこ》ねてはいないかと様子を見にきたら……その……」

「……。首をつります」

はっとバアルが顔をあげた。マナも全身の毛を逆立てる。ロクサネは淡々《たんたん》と言った。

「今までお世話になりました」

「いや待てちょっと待て！　二度と言わすまいと思っていた台詞《せりふ》をあっさり言うな！　ってどこへ行く、マナ止めろ！」

ロクサネはもはやバアルの話が耳に入っていない様子だ。よりによってマナの水場で入水自殺をはかろうとしているのか湖に入ろうとするので、慌《あわ》てて髭で腰をつかみ、引き戻す。だがその顔は完全にうつろになっていた。

「後生です。殺してください……」

「なんでそうなるのだお前は！　余の話を聞け、順番に説明するぞ！　まず、後宮は元に戻さぬ。あくまで余の代では、だが。下級妃と上級妃は実家へ帰すか、希望者はレヴィ一族の花嫁《はなよめ》候補として出奔《しゅっぽん》させる」

ぱちりといきなりロクサネの目に正気が戻った。

「……レヴィとは、あの魔法大公《まほう》ですか。エルメイアの……」

「そうだ。聖具の知識が欲しいらしい。あっちはクロードを忌避《きひ》しようとしたせいで、魔具《まぐ》の開発が遅《おく》れているらしくてな。この前お前と一緒《いっしょ》に偽証《ぎしょう》した上級妃に、聖具に詳《くわ》しい者がいただろう。話を持ちかけたら承諾《しょうだく》した。このまま後宮でくすぶっているより楽しそうだと」

「ですが、それでもまだ何人かは残ります。実家に帰りづらい者もいるでしょう」

「マナの世話をする巫女《みこ》として雇《やと》い直す。それでもまだ残るだろうし、優秀《ゆうしゅう》な者は妃《きさき》という地位に置くことで逆に引き立てることも考えている。そのあたりは国のためだ。だが、余の子どもを産むのはお前だけだ」

完全に正気に戻ったのか、ロクサネが眉《まゆ》をつりあげ、バアルに向かって歩いていく。

「いけません。あなたの——聖王の血は残さねば、アシュメイルが」

「お前、知らぬわけではあるまい。聖王の力を最も引き継《つ》ぎやすいのは、聖王の寵愛《ちょうあい》を受けた妃が産む子だ。もっと正確に言うなら、愛し合った聖王夫妻の子どもだ」

思いもしなかった、というロクサネの顔は間抜《まぬ》けだった。嬉《うれ》しそうなバアルの顔に、マナも嬉しくなる。

「余の両親はそれはもう、仲がよかったぞ。あれだ、らぶらぶとか言うのか」

「らぶらぶ……」

「案ずるな。——お前は間違いなく、次の聖王になる子を産む。さっきのはそういう話なのだ

ろう？」

バアルに額を合わせられても、ロクサネはまだ呆然《ぼうぜん》としている。にぶい女だな、とマナは鼻を鳴らした。

「まったく、あと数年はかかる気がしておったぞ。お前はちっとも余の話を聞かんし」

「……あの……つまり、わたくしは……バアル様は……」

「今夜、お前の寝所《しんじょ》を訪ねてもよいか」

バアルの熱っぽい瞳《ひとみ》はマナを見ていない。でもマナはちっとも気にならない。気になるのはロクサネのほうだ。ここでバアルを悲しませたら湖に落としてやるとにらんでみる。

ロクサネは、何か言おうとして真っ赤になり、瞳を潤《うる》ませたあとで、小さく、はっきりと頷いた。破顔したバアルがロクサネと唇《くちびる》を重ねる。

まったく人間は面倒《めんどう》だな、と思った。好きな人と好きなように好きでいればいいのに、ややこしい。

でもバアルとロクサネがしていることは見てはいけない気がして、マナはそっと目をそらす。

見あげた先には、雲一つない夕空。きっと今夜は星がよく見えるだろうな、と思った。

◆皇帝《こうてい》夫妻の一日目◆

目をさましたら、冬が春になっていた。かなり早い時間に目覚めたはずなのに、すでに燦々《さんさん》と日が輝《かがや》き、小鳥がさえずっている。

ぴんときた侍女《じじょ》の勘《かん》にしたがい、いつもより早く身支度《みじたく》をすませて、皇帝夫妻の寝室《しんしつ》へ向かう。レイチェルの勘を裏付けるように、両開きの大きな扉《とびら》の前に、皇帝の従者であるキースがすでに待機していた。挨拶《あいさつ》もそこそこに、キースが苦笑い気味に寝室を指さす。

「あかないんですよ、扉」

「あかないですか……」

「ちなみに古城のほうは花が咲《さ》き乱れて虹《にじ》がかかってます。結界内だから余計、影響《えいきょう》が出やすいんですよね。皇都全体もこの真冬に春の陽気になってますよ。……寝室が花畑になってないといいんですがねえ」

「それは……掃除《そうじ》が大変ですね」

だが、掃除するにもこのあかずの寝室をなんとかしなければならない。

扉が開かない原因は言わずもがなである。

「さて、どうやっておびき出しましょうか。護衛に魔王《まおう》様スキスキダンスでも踊《おど》らせますか」

「こちらからの声は届いてるんでしょうか？」

「少なくともクロード様には聞こえていると思いますよ。私めも声をかけてるんですが返事がない。邪魔《じゃま》するなってことだと思いますが。子作りは皇帝の大事な仕事ですし」

こんこんとキースが扉を叩《たた》いたが、やはり返事はない。キースが両腕《りょううで》を組む。

「どう説得したものか。今日は新皇帝の大事な一日目。さぼりも遅刻《ちこく》もまずいです。同じことをアイリーン様もおっしゃっていそうですが」

「……アイリーン様……ご無事でしょうか」

「申し訳ないですがそれに関しては保証しかねます」

真顔で言われて、レイチェルは少し考えこんだあと、顔をあげた。背筋を伸《の》ばして、寝室の扉に向かって声をかける。

「おはようございます、クロード様、アイリーン様。お支度の時間です。扉をあけていただけませんでしょうか、クロード様。でないと、アイリーン様の今夜のお支度ができません」

扉の向こうは沈黙《ちんもく》したままだ。だが微妙《びみょう》な手応《てごた》えを沈黙から感じ取る。少なくとも、クロードが耳をかたむけてくれた気がした。

「アイリーン様が体調を崩《くず》しては、クロード様もご心配でしょう。私達にどうぞおまかせくださいませ」

「――キースと違《ちが》って、なかなかうまい説得だ」

寝室の中から声が聞こえたと思ったら、扉が勝手にあいた。

廊下《ろうか》に花が流れ出てきた。キースの心配どおり、寝室は一晩で花と新緑が萌《も》える楽園へと模様替《が》えされていた。さわやかな風にかぐわしい花のにおいがまざり、清涼《せいりょう》な空気が漂《ただよ》う。

「離《はな》れがたいが、まかせよう。ちょうど困っていたんだ。泣きやんでくれなくて」

真ん中にある寝台《しんだい》の上で上半身をさらしている皇帝兼《けん》魔王が妖艶《ようえん》に微笑《ほほえ》む。途端《とたん》に、寝室が失楽園に早変わりした。

「ああ、やっぱりこうなってますよね……」

諦《あきら》め半分に花を荒《あ》らして歩くキースに続いて、レイチェルも急いで寝台へと向かう。

アイリーンはクロードのかたわらで横になっていた。頭から真っ白なシーツにくるまっていて、顔は見えない。

「アイリーン様」

「……レイチェル？」

やや掠《かす》れた涙声《なみだごえ》と一緒に、シーツの隙間《すきま》からアイリーンが顔をのぞかせる。

クロードが愛《いと》おしげに目を細めた。

「なんだ、泣きやんだのか？」

「……」

「恥《は》ずかしがらずに顔を見せてくれ、僕の可愛《かわい》いアイリーン」

「……」

「困ったな。今朝からずっとこの調子で、僕としゃべってくれないんだ」

少しも困っていない顔で、輝《かが》やかんばかりの笑《え》みをクロードは浮《う》かべている。にやついているように見えないから、美形は得だ。しかも上半身だけとはいえ、まぶしい裸身《らしん》をさらしているのだから、だいぶ慣れてきたレイチェルでも目がつぶれそうである。

「昨夜《ゆうべ》はあんなに可愛かったのに」

それを一晩中たっぷり味わったアイリーンの心労を思うと、神に祈《いの》りたくなった。

「それとも、僕に何か不手際《ふてぎわ》があっただろうか？」

「朝っぱらから不埒《ふらち》な真似《まね》はそこまでです、我が主《あるじ》」

主の色気などものともしないキースが、クロードに裾《すそ》の長い上着を羽織らせた。

「不埒？　妻と愛し合っただけなのに？」

「あなたの存在自体が不埒で不道徳で卑猥《ひわい》です。はい、さっさと支度をしましょう。まずは湯《ゆ》浴《あ》みです」

「アイリーンと一緒に入りたい」

「だめです。これ以上しつこくすると嫌《きら》われますよ」

クロードに袖《そで》をとおさせ、腰帯《こしおび》をさっさと結ぶキースの手つきは慣れている。クロードのほうも慣れていて、憂鬱《ゆううつ》げに首をかしげた。

「だが、妻に挨拶もしてもらえないままでは不安で仕事へ行けない」

「自業自得《じごうじとく》です。挨拶もしてもらえないような真似をしたんでしょう」

「どれのことだろうか？」

「──っ全部に決まってるでしょう！」

いきなりがばっとアイリーンが起きあがって、枕《まくら》をクロードの顔面にぶつけた。

「わ、わたくしは、やめてくださいと、何回も、お願いしたのに……っ」

「だが嫌《いや》がらなかったじゃないか」

「でも、でも、待ってとわたくしは何度も言いました！」

「ああ、なるほど。あれは嫌がっていたわけか。恥ずかしがっていたわけではなく」

さも驚《おどろ》いたというような顔を作ったあとで、アイリーンに顔を近づけたクロードは薄《うす》く笑い返す。

「──どうりで、僕には心当たりしかないと思った」

ぶちっとアイリーンの血管が切れた音が響《ひび》いた気がした。

「このっ……！」

「ア、アイリーン様。落ち着いて」

もう一度枕を振《ふ》りあげたアイリーンを背後からレイチェルは制する。それと同じタイミングで、キースがクロードの首根っこをつかんで立ちあがらせた。

「はい、もう行きますよ。お仕事です」

「待ってくれ、もう少し妻と語らっていたい」

「大丈夫《だいじょうぶ》です、また夜はきますよ」

意味深にキースはレイチェルに目線を流した。あとは頼《たの》む、というその視線に頷《うなず》き返し、レイチェルはクロードに頭をさげる。

「おまかせください」

「そうか。……そうだな、ではまかせよう。アイリーン」

「なんですか!?」

「愛している。僕が悪かったから、機嫌《きげん》をなおしてくれ」

素早《すばや》くその頰《ほお》に口づけをひとつ落として、クロードはさっさとキースのあとに続いて寝室を出ていった。

残されたアイリーンは、怒《いか》りと羞恥《しゅうち》をごちゃ混ぜにした表情で、口をぱくぱくさせたあと、ぼすんとまた寝台に突《つ》っ伏《ぷ》す。おそるおそる、レイチェルは声をかけた。

「ア、アイリーン様……？」

「——あんなの、普通《ふつう》じゃない……」

「何が——」

尋《たず》ねかけて、口を閉《と》ざした。真っ赤になった顔を両手で覆《おお》って、半泣きでアイリーンが繰《く》り返す。

「絶対、あんなの、普通じゃないわ……そうでしょう、レイチェル!?」

「……。湯浴みのあと、朝食にしましょう」

「お願い、わたくしの話を聞いて!!」

聞いてはならない。

世界でいちばん尊敬する主人の話でも、絶対に聞いてはならないことだってあるのだ。

立てないと珍《めずら》しくぐずっていたアイリーンだが、昼頃《ごろ》にはすっかり持ち直していた。ロクサネと一緒《いっしょ》に朝食をとらせたのが功を奏したようだ。フォークでスクランブルエッグをさらにぐちゃぐちゃにまぜながら泣き言を言うアイリーンに、きっぱり「慣れです」と言い切るロクサネは、主人にとって貴重な友人だとレイチェルは改めて再確認《さいかくにん》した。使命にめざめたアイリーンは夫を満足もとい主導権を奪《うば》い返せる策を考え始めたようで、今夜も勇ましく寝室《しんしつ》に入ってくれるだろう。たとえよからぬことを企《たくら》んでいても、レイチェルの仕事は寝台送りにするまでなので、その先はクロードにまかせればいい。

（クロード様のことばかり考えて、皇都中筒抜《つつぬ》けになっていることをまったく気にしていないのは、さすがというかなんというか）

――魔法《まほう》の花、皇后陛下ご懐妊祈願《かいにんきがん》につき特売！

考えようによっては不謹慎《ふきんしん》きわまりない宣伝文句で、花売りが本日一斉《いっせい》開花した瑞々《みずみず》しい花々を売っている。他《ほか》にもこの季節には収穫《しゅうかく》できない野菜が、売り逃《のが》してなるものかとばかりに店頭に並べられていた。皇都の商売人はたくましい。

買い出しをかねて少し遅《おそ》めの昼休みをとるため第三層までやってきたレイチェルは、苦笑《くしょう》気味にそれを眺《なが》めていた。

クロードの魔力《まりょく》は天災と紙一重《かみひとえ》だ。その結果がこんなふうに受け入れられるのは、新しく皇《こう》帝《てい》となったクロードへの評価が高いことのあらわれだろう。魔王《まおう》の力ではなく愛の力だというくすぐった謳《うた》い文句を耳にするのも、祝福からくるものだ。

しかし今日はさわやかな陽気だ。待ち合わせの相手である婚約者《こんやく》が喫茶店《きっさてん》の中ではなくテラス席にいるのも、そのせいだろう。先に姿を見つけたレイチェルはぱっと顔を輝《かがや》かせたのだが、アイザックからものすごいしかめっ面《つら》を返された。その理由はすぐにわかった。

ひょいっとドニやジャスパー、リュック、クォーツといったオベロン商会の面々が顔をのぞかせたからである。

「こんにちは！　アイザックさんの待ち合わせってレイチェルさんだったんですねー」

「ははーなぁるほど、だからさっきからオジサン達を追い払《はら》おうとしてたんだ」

「邪魔《じゃま》をしないでおきましょう。ほらどうせ俺達は古城でこのあと一緒に仕事ですし」

「……そうだな。デートを邪魔しては、いけない……」

「いいから早くどっか行け！　昼休みなんだよあっちは！」

「レイチェルさん、忙《いそが》しいですもんね。ちょっとでもふたりきりでいたいですよね！」

「そーだよなあ、オジサン達は退散しよう退散。馬に蹴《け》られるぞぉ」

「デート楽しんでくださいね！　デート！」

「……デート。あの、アイザックがデートか……デートか」

「なんで何回も言うんだそこ！　いいから早くどっか行け、仕事もかねてんだよ！」

怒鳴《どな》り散らしたアイザックににやにやしながら皆《みな》がレイチェルと入れ替《か》わりに席を離《はな》れる。会計は全部あの人が払いまーすという無邪気《むじゃき》なドニの声が最後に響いた。げんなりした顔でアイザックがつぶやく。

「だからやだったんだよ、外で待ち合わせるの……」

「す、すみません。今度から気をつけます……」

レイチェルが第三層に買い出しの用事があるから、昼休みに昼食を一緒にとることになったのだ。外での待ち合わせになったのは、レイチェルの都合なので申し訳なくなってしまう。しかもこの店は、レイチェルがずっと行きたかったランチがある店だった。

アイザックはからかわれるのが嫌いだ。しかしオベロン商会の面々は遠慮《えんりょ》なくここぞとばかりにいじりにくる。こと婚約に関してはその傾向《けいこう》が強いため、レイチェルもアイザックの機嫌が悪くならないよう気をつけているのだが。

「……別にお前が謝ることじゃないだろ。それより早く座って、注文すれば」

机の上に散らばった書類を片づけながら、アイザックが正面の席を顎《あご》でしゃくる。

それだけでレイチェルは嬉《うれ》しくなってしまう。アイザックは素っ気ないが、ところどころびっくりするほど甘い気遣《きづか》いを見せる。たとえば、だいぶ遅い時間なのに昼食をとらずにレイチェルを待っていてくれていたところとか、食べる速度を合わせてくれるところとか。

「皆さん商魂《しょうこん》たくましいですね。朝起きたら春になってた、なんてびっくりすると思うんですけど、愛の力だってお祭り騒《さわ》ぎで」

「ああ、そういうことにしといた。何もせずに作物大豊作ってまずいだろ。これは特別ってことにしとかねーと、不作のときに、なんで皇帝様はお力を貸してくれないんだーとか不平不満言い出す奴《やつ》が出てくるから」

そしてレイチェルが思いもしないことを、いつも考えている。

「クォーツみたいな奴は、魔王様の力で植物が育つの嫌がるんだけどな。研究の邪魔になるって。でも大半の人間は楽なほうに流れたいもんだろ。魔王様に明日《あした》は同じことすんなって伝えとけよマジで。アイリーンにも言っとけ」

「は、はい」

「無駄《むだ》かもしんねーけどな……」

どこか遠くを見るアイザックの横顔に、ふっと不安がよぎった。

アイザックはどう思っているのだろう。アイリーンとクロードが本当の意味で夫婦《ふうふ》になったことを。

結婚《けっこん》したときに踏《ふ》ん切りはつけているだろうが、このひとはアイリーンのために魔王すら斃《たお》そうと策を講じる。そう思うとおいしいはずのベシャメルソースの味がなくなった。

そういうこのひとがいいと、それでこそだと、選んだはずなのに。

「……」

「あ、アイザック！　――と……」

テラス席の入り口で声をかけてから、オーギュストが口をふさぐ。

理由はすぐにわかった。セレナをつれているからだ。

だがセレナのほうが、レイチェルを見るなりつかつかと近寄ってきた。

「デート？」

尋ねられて、返答に困った。アイザックは素知らぬ顔だ。曖昧《あいまい》に笑うと、眉《まゆ》をつりあげたセレナに腕《うで》をつかまれた。

「立って、こっち」

「え、でも」

「オーギュスト、そこ座って待ってて」

戸惑《とまど》うオーギュストを置いてさっさとセレナはレイチェルを引きずって歩き出す。アイザックを見ると、肩《かた》をすくめられた。

手を引かれるままに店の片隅《かたすみ》、ほどよく空席と植木《うえき》鉢《ばち》で姿が隠《かく》れる場所に押しこまれる。

「いかにも昼休みですって格好のまま何してんのよ」

肩から提《さ》げていた小さな鞄《かばん》から、セレナが口紅を取り出す。ぽかんとしている間に顎をつかまれて口紅を塗《ぬ》られてしまった。

「だからデートって聞かれても答えられないんでしょ」

「そ、それは……今日は厨房《ちゅうぼう》の仕事だったので、化粧《けしょう》厳禁で」

「言い訳しない。うしろ向いて」

ぐるりと体の向きを変えられたと思ったら、髪《かみ》をいじられる。文句を言う隙《すき》もなく、リボンでひとくくりにして肩から前へ流す髪型《かみがた》に変えられてしまった。

「これでそこそこ見られるでしょ。ちゃんとしなさいよね。手抜《てぬ》きするとなめられるわよ」

そう言うセレナは、まっすぐな髪を綺麗《きれい》なバレッタで留めていた。白のワンピースに、レースのついたケープ。清楚《せいそ》でいて、愛らしい。だが化粧は甘くなく、媚《こ》びを売っているようには見えない。男性にはわからない、恐《おそ》ろしい女子力の高さをつめこんだ装いだ。

「……そういうの、オーギュストさんは気にされます？」

「気にもとめないわよ、あんな馬鹿《ばか》。でもこれはそういう問題じゃないでしょ。それともあんた、あの男の使用人だと思われていいわけ？」

よくない。素直《すなお》にレイチェルは反省した。お仕着せを着替《きが》えることは無理でも、せめて何か工夫《くふう》はすべきだった。仕事は言い訳にならない。

セレナだって今、女性官吏《かんり》登用試験のために受験勉強をしている最中なのだ。

「ありがとうございます」

「口紅つけるだけでも違《ちが》うんだから、手抜きするんじゃないわよ。オベロン商会から落ちにくくて持ち運びにも便利なやつ、出てるわよ」

色もわりと豊富、とつけたすセレナに苦笑いする。

「お買い上げ有り難《がと》うございます。……あの、お礼代わりというわけじゃないんですけど……今日はオーギュストさんの話、ちゃんと聞いてあげてくださいね」

「何、その言い方」

「私から言うわけにいかないので。それにオーギュストさんも、いつ言うか迷ってるだけだと思うんです。ただ、私は早く聞いたほうがいいと思います。だから知らないふりをして、うまく聞き出してください。私のお節介《せっかい》ですから、無視してもいいですけど……」

「……せっかくの助言でしょ。ありがたくいただくわよ。最近、妙《みょう》に静かで気になってたし」

心配をにじませた口調に、レイチェルはにっこり笑う。

「だったら大丈夫《だいじょうぶ》です。喧嘩《けんか》しないで頑張《がんば》ってください」

「あんたもね。心配しないで、こっちが店、変えるから」

先にセレナが歩き出し、オーギュストに声をかける。何やら暗い顔でアイザックと話していたオーギュストは慌《あわ》てて笑顔《えがお》を繕《つくろ》って、セレナと一緒《いっしょ》に店を出ていった。

「すみません、話の途中《とちゅう》で」

戻《もど》ってきたレイチェルに少しアイザックは目を瞠《みは》った。レイチェルはひとつにまとめた髪先を指でつまみながら、笑う。

「セレナさんがやってくれたんです。……デートなんだからちゃんとしろって、怒《おこ》られちゃいました」

「……あ、そ」

否定は返ってこなかった。胸の中でもう一度、セレナに礼を言う。そのせいか、見えなくなったふたりの話題が口から出た。

「ちゃんとオーギュストさんと話ができるといいんですけど」

「……でも片方、試験勉強中だろ。終わるまで待ってもいいんじゃねえの」

「でもそれだと心の準備をする時間がないじゃないですか。そういう気遣いってとても怒りにくいし、今言っちゃったほうがいいと思うんです」

「……そういうもん？」

「悪いことほど早く報告したほうがいいです。どうしようもないなら、なおさら……あ、オーギュストさんのは悪いことじゃないんですけど」

「……実は、さ。結婚のことなんだけど」

この流れでの切り出し方に、いささか緊張《きんちょう》した。セレナのおかげで消えたと思った先ほどの不安まで、しみのように広がる。

アイザックが頬杖《ほおづえ》をついて、つぶやくように続けた。

「俺の家族が反対してるって話は、したよな」

「は、はい。あの、でもそれならうちの家族も……ですし……」

レイチェルは伯爵《はくしゃく》家の長女。アイザックは伯爵家の三男。ふたりとも爵位《しゃくい》の継承《けいしょう》権はないが皇后陛下の寵臣《ちょうしん》だ。だから互《たが》いの家族が互いに、もっといい相手がいるだろうと口をはさんできている。要するにレイチェルには爵位を持っている長男と、アイザックには跡継《あとつ》ぎのいない貴族の娘《むすめ》との結婚をすすめているのだ。

だが、互いの家から反対されることは、婚約《こんやく》の契約《けいやく》書に署名したあとでアイザックが今後の予想として教えてくれていた。同時に説得できるよう手を打つからと言われていた。

だから、レイチェルは両親に反対されても、アイザックが告白や求婚《きゅうこん》めいたことを一言も告げてくれなくても、安心していたのだ。

「昨日、お前の弟から手紙がきた」

なのに今更《いまさら》やめるなんて言い出さないでくれ、というレイチェルの不安とはまったく違《ちが》う方向に話が飛んだ。

「え……私の弟、から、ですか？」

「俺宛《あ》てだから中身は見せないけど、これ」

アイザックが封書《ふうしょ》の表面にある宛先《あてさき》人名と、裏面の差出人名だけを見せてくれる。確かにアイザック宛《あて》で、差出人はレイチェルの弟だった。

弟はアイザックの予想に反して、姉の結婚に賛成してくれた。家の借金をなくし望まぬ婚約から姉を救い出したアイザックは恩人だと言い、爵位があろうがなかろうが姉の幸せが大事だと幼いながらも両親を説得しようとさえしてくれた。

その弟が出す手紙なら問題はなさそうだが、アイザックの表情は硬《かた》い。

「お前の元婚約者が復縁《ふくえん》を申しこんできてるんだと。で、お前の両親はのり気だそうだ」

「……え？」

「爵位と、今度は結納金《ゆいのうきん》つき。しかも地元のミルチェッタ地方に領土がある伯爵家だから、いずれ一人娘が戻ってきてくれるわけでいいことずくめだからな。結婚《けっこん》の誓約《せいやく》書を教会に出す手続きをしてるって」

寝耳《ねみみ》に水だった。ぽかんとしたあとで我に返る。

「わ……っわた、私、聞いてません！　そんな、勝手に、いくらなんでも」

「ハウゼル女王国の後片づけだの魔王《まおう》様の即位式《そくいしき》だの忙《いそが》しくて、俺もお前も報告だけで説得を後回しにしてたしな。俺に誠意がないって思われてもまあ、しょうがないよな」

「しょうがないって……わ、私……」

言いかけてレイチェルはぎゅっと唇《くちびる》を引き結んだ。アイリーンに頼《たよ》るのは駄目《だめ》だ。皇后陛下の侍女《じじょ》だからと甘えることを覚えては、いずれくせになり、身を滅《ほろ》ぼす。

だが、それ以外に何ができるだろう。レイチェルも元婚約者も爵位のある家だ。それなりに教会とつながりがあるのかもしれない。このままでは、知らない間に元婚約者と結婚したことになっていてもおかしくない。

「――しょうがないから、とりあえず圧力かけた」

不安でどうにかこらえていた涙《なみだ》が、あっさりした物言いに引っこんだ。

「え……あの、どうやって、ですか……」

「護衛のふたりが教会は止めてるはずだし、ゼームスがミルチェッタ公国では絶対受け付けないように手配するって」

「あ、あの、どうしてウォルトさんとカイルさんが……ゼームスさんも。ま、まさかクロード様に頼《たの》んだんですか……？」

「誰《だれ》が魔王様になんか借りを作るかっつーの。ただこれを知ったらアイリーンが絶対首突《つ》っこんでくるし、そうすりゃ最後は魔王様が恋《こい》のキューピッドとか言い出すに決まってるから、その前に各自協力してくれって頼んだだけだよ」

この人は賢《かしこ》いなあとレイチェルは感心してしまった。人を間接的に脅《おど》しつけて自発的に動かすことに長《た》けている。

「……それにお前、もてるしな」

「はい？」

「いーや。お前が無理矢理《むりやり》結婚なんて、みんな駄目だって心配してたってハナシ。魔物《まもの》もクッキーがどうこう燃やしにいくとかぎゃあぎゃあうるせーし。どこぞの外道《げどう》魔道士《まどうし》は全員心を入れ替《か》える魔法《まほう》をかけましょうとか言うし……」

止めるほうが大変だったとぼやくアイザックには申し訳ないが、じんと胸に色んな思いが広がった。

「皆《みな》さん、応援《おうえん》してくださってるんですね……嬉《うれ》しいです」

「……ほんとは、俺が魔王様に頭さげて爵位もらってくりゃいいんだけどな。……それはしたくねーから。悪い」

謝られてレイチェルは慌てた。

「そんな、アイザックさんが謝ることじゃないです。だってアイザックさんはオベロン商会があるし、爵位を持つと煩《わずら》わしいことだって増えます。それがアイリーン様の枷《かせ》になるかもしれないから、だから」

「ちげーよ。俺は、お前のことで魔王様に頭をさげるのだけは嫌《いや》なんだよ」

あまりにあっさりと告げられたものだから、意味が最初呑《の》みこめなかった。

「くだらねープライドだろ。わかってるんだよ。なのに……だから、俺が悪いんだよ。お前にとっちゃ不合理だ。そのせいで両親とこじれそうになってんだからな」

自嘲《じちょう》気味に告げるアイザックの姿に胸を痛めるべきだ。なのにレイチェルは胸がいっぱいになりそうだった。

アイザックは合理的なひとだ。それが実利だと思えば、矜持《きょうじ》など捨てて取りに行く。オベロン商会やアイリーンのためならば、いくらでもクロードに頭をさげるだろう。

なのにレイチェルのことだけは嫌だというのならば、それは男としての矜持だ。

アイリーンはゆずるけれど、レイチェルだけはゆずらないと言っているのと同じだ。

こらえる隙間《すきま》もなく溢《あふ》れ出たレイチェルの涙に、アイザックがぎょっとした。

「な、泣くほどか⁉ お前、まさか伯爵夫人になりたいとか」

「ちが、違います。ほ、ほんとに、アイザックさんは……ほんと、女心がわからない……」

「はあ？ なんだよそれ、失礼だろ」

「結婚、不安だったんです」

びしっとアイザックが固まったことに気づいたが、言わなければならないと思った。

「アイザックさん、ちゃんと説明もしてくれるし、手も打ってくれるし、書類だって整ってるし、気遣《きづか》いも完璧《かんぺき》で、でもなんか、お役所仕事の取引相手みたいで」

「たとえば、クロード様みたいに言ってくれたらなって思ったりはしました。でもあそこまでは正直いらないしアイリーン様を羨《うらや》ましいとは思わないし。じゃあオーギュストさんくらいわかりやすかったらって思いましたけど、あれもあれで大変そうだし」

「……お前、さりげなくひどいな？」

「でも、もういいです。なんにも言ってくれなくても、アイザックさんのままでいいです」

「いや、俺は全然よくねーんだけど、それ……」

ぼやくアイザックがおかしくて、嬉し涙が笑い涙になってしまいそうだ。涙をぬぐって、レイチェルは背筋を正した。

「あの、現状はわかりました。止めていただいたことにはあとで皆さんにお礼を言おうと思います。それで……これから私に何かできることありますか？」

「……」

物言いたげな目をしていたが、アイザックは嘆息《たんそく》して気分を切り替えたようだった。

「強行する」

「……ええと？　すみません、意味がよく」

「お前と俺が署名した契約書って、皇后陛下が認め人になってるんだよ。だから別に親の許しがなくても結婚できる」

「……」

アイザックの言いたいことがわかってきて、じわじわ顔に熱がのぼる。

「……えっと……その、駆《か》け落ち、的な……？」

「お互《たが》い仕事あるし、皇都から出たりはしねーけど」

あくまで現実的なアイザックの態度に少し気持ちが盛り下がったが、「結婚したい」と言われていることは確かだ。

「とりあえず、部屋借りるか家買うかしようと思って、候補いくつか選んできた」

目の前に書類の束が差し出された。さっきアイザックがテーブルから片づけたものだ。

「俺はこの中ならどれでもいいから、候補しぼっといて。お前も希望あるなら聞くし。今度休み合わせて、内覧に回るから」

「……は……えっ、わ、私も、ですか」

「一緒《いっしょ》に住むんだからそーだろ」

「え、うえ、えぇぇっ⁉」

「なんだよ嫌なのかよ」

ぶるぶるぶるとめいっぱい首を横に振《ふ》った。ほっとしたような余裕《よゆう》を取り戻《もど》したような、そんな顔でアイザックが立ちあがる。

「悪いけど俺、先出る。取引あるから。会計すませとくし」

「あ、でも私の分」

「ドニとかも飲み食いしてっから経費で落と——……こういう言い方が駄目なのか？」

「はいっ？」

おののいてまだ手に取れないでいる『借りるか買うか』する書類の束が、レイチェルの頭にばさりとのせられた。書類の影《かげ》とそれを持つアイザックの手で、視界がいっぱいになる。

「……ちゃんと惚《ほ》れてるから、安心しろよ」

「──え」

「じゃあな！」

大声と一緒に書類を胸に押しつけられた。あとは肩肘《かたひじ》をはってどすどすテラス席から出ていくアイザックの背中が見えるのみだ。

ぽかんとそれを見送るレイチェルの膝《ひざ》の上から書類が落ちそうになって、慌《あわ》ててそれを押しとどめてから──いきなり思い出したように全身に血流が回った。

真っ赤に熟《う》れた顔を書類で隠《かく》して、レイチェルは悶絶《もんぜつ》する。ふわっと優《やさ》しい風が熱を逃《に》がすように空に向かって舞《ま》いあがる。

今日はありえない真冬の春。それでも自分達は、もう大丈夫《だいじょうぶ》だと思った。

目がさめると春になっていた。一過性のものかと思ったら、昼になっても真冬を吹《ふ》き飛ばす陽気は変わらない。おかげで今日のデートのために昨日用意しておいた服は、すべて考え直しになった。そうなると持ち物も変わる。迷惑《めいわく》な話だ。だが、手を抜くわけにはいかない。

そんなわけで予定とまったく違《ちが》う格好で聖騎士団《せいきしだん》の訓練場近くまでやってきたセレナは、あがった歓声《かんせい》にむっと眉《まゆ》をひそめた。訓練場の中からだ。

あたたかい本日は、絶好の訓練見学日和《びより》なのだろう。かく言う自分もちょっと頑張《がんば》っているところを見てやろうかなどと思ってやってきたので、観客の女子達を暇《ひま》だなんだと批判はできない。かといってきゃあきゃあ騒《さわ》いでいる女共と同じにはなりたくない。

出直すには、待ち合わせまであと三十分という非常に微妙《びみょう》な時間だ。結局、女子の壁《かべ》に阻《はば》まれる日陰《ひかげ》の微妙な場所でオーギュストを待つことになる。

(……馬鹿《ばか》らしい。少しのぞいてみようかなんて思わなきゃよかった)

考えてみると恋人《こいびと》の職場をのぞこうだなんて、偵察《ていさつ》みたいではないか。一ヶ月、勉強と仕事で互いにすれ違って挨拶《あいさつ》するくらいしか時間がなかったとか、ものいいたげにしては何も言わないオーギュストが気になっていたからとか、言い訳はあるが——。

「あっセレナじゃないの！」

靴《くつ》先を見て考えこんでいたら、仕事でなければ一切関《いっさいかか》わりたくない人物の声が飛びこんできた。しかめっ面《つら》をあげると、リリアとサーラがふたりそろっている。

「なんであんたらがここにいるのよ……」

「今日はこの天気でしょ？　急遽《きゅうきょ》、騎士団と聖騎士団の練習試合をするっていうから、サーラにつきあってあげたの。サーラ、こっちの騎士に憧《あこが》れがあるらしくって。ねっ」

「は、はい。アシュメイルにはない職業なので……」

「……それはいいけど、問題はあんたよリリアサマ。監視《かんし》、どうしたの」

「だってぇ、隣国《りんごく》のだーいじなお客様の神の娘《むすめ》が見たいーって言うなら、第二皇子の妃《きさき》としては、つきあうのがお仕事ってものでしょ？」

恩赦《おんしゃ》で婚姻《こんいん》が許されたとはいえ、第二皇子夫妻の監禁《かんきん》生活に変わりはないはずだ。それを新《しん》婚《こん》早々、この女は無視している。だが詰問《きつもん》など時間の無駄《むだ》だろう。今日は休みなのだから、この女がふらついていますと突《つ》き出す義務もない。

「大丈夫よ、魔王《まおう》様はちゃーんと把握《はあく》してるから」

「そうなの？」

「だってまた魔力《まりよく》の爆弾《ばくだん》が首についてるしぃ。何より私がいなくなってセドリックが青い顔ですっ飛んできて謝るのが楽しいみたい」

魔王様もいい性格をしてらっしゃるようだ。遅《おく》れてサーラが声をあげた。

「――えっ爆弾って、監視ってなんですか⁉　あの、みんな忙《いそが》しくて迷惑かけちゃだめだからふたりで行こうっていうのは、ひょっとして私をだまし――ロ、ロクサネさんに迷惑かけてないですか、私⁉」

「やだあ、大丈夫よ！　私がなんとでもしてあげる！」

「だ、だめですよ、ロクサネさんは今、大事な時期で……セ、セレナさぁん」

「知らないわよ自分の責任でしょ。まずいって気づいたなら、さっさとこの女つれて戻りなさいよ。まだばれてないなら大丈夫でしょ」

「そ、そうします……！」

サーラにがっしり腕《うで》をつかまれたリリアが、えーと頬《ほお》をふくらます。でもすぐに気分を切り替《か》えたようだった。

「しょうがないわ。ヒロイン同盟のよしみでおとなしくしてあげる」

「あんた、そういうのもうやめなさいよ。そのためにあのボンクラ皇子と結婚《けっこん》したんでしょ」

だからこの春がきたのだと、理屈《りくつ》ではなく肌《はだ》でセレナは感じている。だが、リリアはふふっと意味深に笑った。

「でも私、昨日気づいちゃったの。私が全年齢《ねんれい》を守ればまだいけるはずって……！」

何がだと思ったが、なんだかよくわからないリリアの思想によりセドリックが可哀想《かわいそう》なことになっているのはわかった。魔王様への謝罪といい、苦労の絶えない第二皇子様だ。

「だからサーラもセレナも男女交際禁止、いちゃいちゃしちゃだめよ。ねっ」

「わ、私、アレスと結婚してますから、そんなこと言われても……」

「大丈夫、離婚《りこん》させてあげる！」

真っ青になったサーラがぶるぶる首を横に振る。セレナはリリアの後頭部をぺしりと叩《たた》いた。

「いい加減にしなさいよ、あんたが言うと洒落《しゃれ》にならない」

「えーじゃあセレナはもう少し踏《ふ》ん張ってくれる？　そうだ、今から三人でランチに出かけましょ！　おすすめのお店があるの」

「だめですよ、リリアさん、監禁されてるんですよね!?　爆弾ついてるんですよね!?」

「もうサーラったら、心配性《しょう》ね。大丈夫よ、ヒロインだもの。なんとかなるわ、気合いで★」

「意味わかんないです！　セレナさん、リリアさん止めてくださいぃ」

周囲に人が増え始めて、セレナは視線を動かした。固まっていた人垣《ひとがき》が崩《くず》れていっているのだ。訓練が終わったらしい。

ばらけた隙間《すきま》から、オーギュストの姿が見えた。騎士団との打ち合わせでもしているのか、マークスと何やら話している。だがすぐにこちらに気づいて、目を丸くした。隣《となり》のマークスは手を振るリリアを見て、血の気が引いた顔をしている。

マークスは騎士団所属だが、セドリックの近衛《このえ》でもある。リリアの脱走《だっそう》は主君であるセドリックの首が飛びかねない失態だ。今からマークスとセドリックとレスターと、あとユリアンだったかギルバードだったか、リリアのために魔王様に頭《こうべ》を垂れた面々が走り回って尻拭《しりぬぐ》いをするのだろう。馬鹿らしいと思うが、もう少しそんな時間が続いてもいいような気がした。

いずれ、変わってしまう――なくなってしまう光景だろうから。

「残念、私はこれからデート」

「えっいいなあ……わ、私もアレスと出かけられないかな」

「えーふたりとも裏切り者ぉ。私は旦那《だんな》なんかほっといて女の子だけで出かけたいのー！」

「リリアさん新婚一日目なのに、早くないですか!?」

「なら別に時間作ればいいじゃない。山みたいに大きなパフェが出てくる店、行く？　ひとりじゃ食べられないから入れないのよね、あそこ」

ちらと目配せするとサーラはわかりやすく目を輝《かがや》かせ、リリアはあそこねーと笑った。

「じゃあそこで、約束ね！」

裏技を使えば許可は取れるだろう。サーラが国に帰ってしまう前に、それくらいはしてやってもいいと思った。


「で？　何隠してるの。話して」

デート中のレイチェル達とかぶってしまった店から別の店に移動し、席につくなり、セレナは直球で切り出した。

知らないふりをして、などとレイチェルは言っていたが、そんなやり方ができるのはレイチエルやアイリーンやアシュメイルの正妃《せいひ》みたいな、男を立てることがうまい女のやり方だと思う。セレナには不向きだ。

オーギュストは、あからさまに目を泳がせた。注文を終えたメニュー表を手に取ろうとしてやめたり、挙動不審《ふしん》だ。ひたすらにらみつけてやっと、口を動かす。

「……まだ公表されてないんだけど。昇進《しょうしん》、決まったっていうか、内定して」

リリアとセドリックの婚礼《こんれい》前に聞いた話だ。それだけならばいい話である。だが、オーギュストのうかがうような暗い表情は、その続きがあることを雄弁《ゆうべん》に物語っていた。

「ただ、団長……アイリの二番目のお兄さんと入れ替わりで、ミルチェッタ地方に転属になるって言われたから……どうしようかと」

セレナは運ばれてきた冷や水を飲む。そして言った。

「すごいじゃない」

聖騎士団の団長の後釜《あとがま》。それはすなわち栄転である。

「いつから？」

「春から……」

「そう、じゃあ私の受験が終わるのと入れ替わりで引っ越《こ》しなのね。まさか、受験勉強のさまたげになるんじゃないかと思って、いつ言い出すか迷ってたの？」

「──あ、うん」

「馬鹿じゃないの。まあいいわ、お祝いにおごったげる、ここ」

「でもまだ、決定じゃないし。……断れるから」

「馬鹿じゃないの」

もう一度繰《く》り返した。自分に言い聞かせる気持ちもこめて。

「出世しろって言ったでしょ、私。断ったりしたら承知しないから」

「……。そうだよな」

そう言ってオーギュストはほんの少しさみしそうに、でもいつも通り脳天気に笑う。

今日はお祝いなんて頭にないデートだったので、また後日改めて時間をとると約束した。オーギュストは遠慮《えんりょ》したが、そういうところは遠慮するところではないと言い聞かせて、日が赤く染まる頃《ころ》にセレナは第三層から第四層へ入る大通りで、オーギュストと別れる。

ジルベール伯爵《はくしゃく》家は復権が決まったが、もともとジルベール伯爵家は叔父《おじ》一家にのっとられて、家計は火の車だった。そんな状況《じょうきょう》で、いきなりセレナの待遇《たいぐう》が変わるわけがない。まさに名ばかりの伯爵令嬢《れいじょう》、領地もミルチェッタ大公直轄地《ちょっかつち》にされたままだ。アイリーンはいずれミルチェッタ大公になるゼームスにセレナを監視させるつもりなのだろう。あるいは、出世したオーギュストに報奨《ほうしょう》という形で領地をあたえるつもりなのかもしれない。

（ミルチェッタへの転属はそのための一歩ってわけね。あいつ、それをわかってるんだかわかってないんだか）

最後まで何か言いたそうだった。まさか遠距離《えんきょり》でも気にして、迷っているのだろうか。

万が一にも昇進を断ったりしないよう、オーギュストに釘《くぎ》を刺《さ》すためにもお祝いをしなければならない。さて、贈《おく》り物は何にしようか。

あと数ヶ月で遠くへ行ってしまう恋人《こいびと》に贈るもの。

まだ恋人なんて呼べる関係になって、数ヶ月しかたってないのに。

「……」

とりあえず早く家に帰って、勉強しようと思った。大事なのはきちんと自分の足場を固めることだ。時間なんていくらあっても足りない。

（試験なんて一発で受かって、さっさと出世して。ジルベール家の汚名《おめい》を返上して……）

それはあと何年、かかるのだろう。その間にもオーギュストは進んでいくのに、自分はちゃんと追いつけるだろうか。

自然と早足から、駆《か》け足になっていく。

知らず奥歯を噛《か》みしめたそのとき、突然《とつぜん》、腕を背後から引っ張られた。

「結婚しよう！」

強引《ごういん》に振《ふ》り向かされた先でオーギュストが放った求婚《きゅうこん》の言葉に、呆《ほう》けた。そのあとで、ふつふつと怒《いか》りがわいてくる。

(こいつはまた、勢いだけで適当に)

結婚してどうなるのだ。ついてこいとでもいうのか。冗談《じょうだん》じゃない。なんのために今勉強していると——ああもう、面倒《めんどう》だからひっぱたいてやろうか。

手を振りあげようとしたとき、オーギュストに両腕《りょううで》をつかまれた。

「そしたら俺、セレナの親族から、セレナのこと守れる」

思いがけない言葉に、言葉を失った。真剣《しんけん》に、オーギュストは続ける。

「別に離《はな》れたって……そりゃさみしいけど、気持ちは変わんないよ。でも、アイザックとレイチェル見てて思ったんだ。それだけですむ話じゃないよなって。俺は家族いないからぴんとこなかったんだけど……聞いたんだ、ゼームスに。ジルベール伯爵家が復権したら、具体的にどうなるのかって」

「……変わらないわよ別に。爵位《しゃくい》しかないような状態だもの」

「違《ちが》うだろ。——セレナは叔父さん一家とこれから闘《たたか》うことになるんだよな」

あえて黙《だま》っていたことを、オーギュストは的確に言い当てた。

「セレナの叔父さんって、セレナのこと、召使《めしつか》いみたいにこき使って、借金のカタに成金ジジイに嫁《とつ》がせようとしたような奴《やつ》だよな」

セレナは唇《くちびる》を嚙む。何をされてきたかなど、思い出したくも答えたくもなかった。

「……どうせ何もできやしないわ。大丈夫《だいじょうぶ》よ」

説得力のある言い方はできなかった。

あの強欲《ごうよく》な叔父一家が黙っているはずがない。今、静かなのが不気味なくらいだ。

だから今のうちに、対抗《たいこう》するすべをセレナ自身が手に入れなければならない。伯爵家の令嬢でありながら官吏《かんり》になり、権力と地位を手に入れて、手出しできないようにするのだ。

「大体、あいつらの行方《ゆくえ》も生死もわからないのよ。心配するだけ無駄《むだ》でしょ」

「でも、今のままだと俺、なんにも口はさめないよな。他人だから。距離があったら、何かセレナにあっても、気づきもしないかもしれない。でも、結婚《けっこん》したら話は別だ。俺がジルベール伯爵家の婿養子《むこようし》になるんだから、俺はセレナの盾《たて》になれる」

聖騎士《せいきし》団長《だんちょう》の妻の座は、もっと先の話であるべきだ。だってセレナと違い、オーギュストには誰《だれ》にも文句のつけられない、綺麗《きれい》な地位がふさわしい。

それなのに——今、婚約《こんやく》なんてしてしたら。まして、結婚なんてするわけにいかない。

オーギュストに、ただジルベール伯爵家の尻拭《しりぬぐ》いをさせるだけになってしまう。

「盾なんて必要ないわよ。なんだかんだアイリーンサマとか甘いから、それなりに助けてはくれるでしょ。あんたは気にせずに出世のことだけ考えてなさい」

「あのさセレナ、俺がセレナを本当に好きなんだって実はわかってないだろ⁉」

意味がわからず、またたいた。セレナをまっすぐ見て、オーギュストが訴《うった》える。

「はいそうですかって言えるわけないだろ、そんなの！　なんで俺が出世しようとしてるかわかるか⁉　セレナを幸せにしたいからだよ！　そうしたらセレナが喜ぶからだよ！」

「だ、だったら」

「でもそれ以上に俺はセレナが好きなんだよ、俺が守りたいんだよ、俺以外に守らせたくないんだよ！　アイリにだってセレナ自身にだって、ゆずりたくない！」

理屈《りくつ》も打算もないわがままみたいな告白に、何を返せばいいのかわからなくなった。

馬鹿《ばか》じゃないのか、と冷たい目で返せない。自分勝手な男の言い分だ、と落ち着いた心で判断できない。

だってセレナはずっと、明るくて誠実そうで、でも本当はどこか残酷《ざんこく》に正しさだけを切り取りたがるこの男がどんなふうに恋《こい》をするのか、知りたかった。

「俺でいいだろ。俺しかだめだって、セレナだってほんとはわかってるだろ。なのになんでセレナは、そういうところだけ謙虚《けんきょ》なんだよ……！」

「……」

「そりゃ、セレナが素直《すなお》に嫌《いや》だとか怖《こわ》いとか助けてとか言える性格なら待ってもいいけど、そうじゃないのはもうわかっ――いってぇ！」

余計なことを言い始めたので足を踏《ふ》んづけてやった。

「バッッカじゃないの⁉ 馬鹿でしょ！ 大馬鹿！」

「――っ好きに言えばいいだろ、絶対結婚するから！ 魔王様《まおう》に頭さげてでもゼームスに頼《たの》みこんででも！ セレナが嫌がったってするからな！」

「やめなさいよなんで借りを作るのよ！ ああもう馬鹿！ ほんと馬鹿――」

罵声《ばせい》しか出てこない唇を、唇でふさがれた。

これ以上の反論も抵抗《ていこう》も、意味をなさないように――とっくに意味なんてないことは、セレナ自身わかっていたけれど。

「好きだ」

オーギュストが目と鼻の先で繰り返す。誠実な誓《ちか》いのこもった声だった。なんにも許してないのに、勝手に抱《だ》き締《し》められた。

「結婚しよう」

目の奥からこみあげてくるものがある。

思わず、頷《うなず》いてしまいそうだった――ここが、往来のど真ん中でなければ。

渾身《こんしん》の力をこめて、セレナは返事代わりにその頰《ほお》をひっぱたく。

「馬鹿じゃないの、こんな雑なプロポーズ、頷くわけないでしょ！ やり直せ！」

「は⁉ ……や、やり直せって意味わかんないんだけど」

「ちゃんと薔薇《ばら》の花束持って！　指輪も用意して！　もっと素敵《すてき》な場所で、勢いだけじゃない完璧《かんぺき》な演出しなさいよ！」

「無駄に難易度高くないか!?」

「無駄じゃないわよ夢なのよ悪かったわね、でなきゃ頷かないから！」

オーギュストから腕《うで》を取り戻《もど》して、セレナは踵《きびす》を返す。

なぜ喧嘩腰《けんかごし》になっているのか、自分でもわからない。

「──だったらやるよ、やればいいんだろ！　絶対、頷かせるからな！」

馬鹿じゃないの、と今度は返せなかった。

おおと妙《みょう》に感じ入った往来の声と、頑張《がんば》れという励《はげ》ましと拍手《はくしゅ》が鳴り始める中、涙《なみだ》のにじみかけた目をこすって、振り向かず歩き出す。オーギュストは追いかけてこなかった。

逃《に》げ出したわけじゃない。逃げる必要なんてない。もう、決着はついている。

だって今のプロポーズ以上に、心に響《ひび》くプロポーズなんてあるわけがない。

まるで赤い頬を隠《かく》すように、夕日がきらきら輝《かがや》いている。真冬に訪《おとず》れた、奇跡《きせき》の春。

でももう少しで、本当の春が訪れる。その春はきっと、別れを告げる季節ではない。


慣れ、慣れ、とつぶやいてアイリーンは寝台《しんだい》の上に座っていた。

（ロクサネ様も乗り越《こ》えたのよ。わたくしだってできるはず）

やれるはずだ。でないと、サーラに「えっ何が困るんですか？」と不思議そうな顔をされたままになってしまう。いちばん子どもっぽい顔をしているくせに、中身は大人だった。しかも今日に限ってレイチェルは「間取り……どうしよう……」とかぼうっとしているし、噂《うわさ》によるとセレナはプロポーズされたらしくて何か思い出しては机を叩《たた》いていた。バアルにデートに誘《さそ》われたロクサネは愛らしく頬をそめて、これ以上なく気遣《きづか》われながら出かけていった。真冬を春にしたクロードのお花畑思考が伝染《でんせん》したのか、みんな頭の中が春になっている。

とどめにリリアは「私は全年齢《ねんれい》を守ることにしたの！」とか言い出した。セドリックは何をしているのだと怒鳴《どな》りたくなったが、肝心《かんじん》のアイリーンがこのざまでは文句も言いづらい。全年齢の世界にとどまってはならない。何を言っているのか自分でよくわからないが、つまり逃げてはならないという話なのだ。

「クロード様、明日《あした》は朝からバアル様と会談ですよ。遅刻《ちこく》厳禁ですからね」

「わかっている」

キースに予定を念押しされてクロードが寝室《しんしつ》に入ってくる。ぱたんと寝室の扉《とびら》が閉まる音が聞こえた。ふたりきりだ。

ここからは夫婦《ふうふ》の時間である。つまり昨夜の再現——クロードに声をかけられる前に、想像だけでアイリーンは飛びあがった。

「やっぱり無理いぃぃぃぃ‼」

脱兎《だっと》のごとく寝台から、シーツと一緒《いっしょ》に部屋の隅《すみ》にあるテーブルの下へと逃げこんだ。

(無理！　絶対無理！　わたくしの心臓が持たない！)

昨夜は何をするかわからなかったからよかった。

でも今日は違う。ちゃんとアイリーンは何が起こるのか、もう知っている。

「……アイリーン。隠れられていないと思うんだが」

呆《あき》れたクロードの声が届く。シーツを頭からかぶったアイリーンは叫《さけ》んだ。

「わかっておりますわ！　でも、さすがに寝室から逃げるわけにはいきませんでしょう⁉」

「そこは自覚があるのか……」

「ありますわよ！　わたくしクロード様の妻ですもの！　でも、でも……」

うぅ、と情けない声をあげて両目をつぶりうずくまっていると、ふと隣《となり》で気配がした。クロードが床《ゆか》に腰《こし》をおろしたのだ。

「今日も僕の妻は可愛《かわい》くて元気だ」

その余裕《よゆう》ぶった言い方に、アイリーンはむくれる。ちらとシーツの中から目線をあげると、クロードは膝《ひざ》を立てていたずらっぽくこちらを観察していた。

「……あ、呆れてらっしゃるんでしょう」

「呆れてはいない。過剰《かじょう》反応する君を微笑《ほほえ》ましく思っているだけだ」

「過剰反応⁉　今日、皇都を春にしたクロード様のほうが過剰反応です！」

「さて、どうしようか。妻を怒《おこ》らせてしまった」

ちっとも困っていない意地の悪い顔で、クロードがうそぶく。むかっ腹が立ったアイリーンはその腹立たしい顔を隠すべく、自分がかぶっていたシーツをかぶせてやった。

「最近のクロード様は性格がねじまがったんじゃございません⁉　昔はもっと、ちゃんと紳士《しんし》でした！」

「それは君に警戒《けいかい》されないよう、口説いていたからだろう」

「なんですのそれ！　だましたってことですの⁉」

「人聞きの悪い。……君はセドリックに傷つけられたばかりだったからだ」

ふたりの間で、こんなふうに正面から元婚約者の名前を出されたのは、初めてだった。

怒《いか》りが引いてしまったアイリーンの前で、シーツから顔を出したクロードがにっこりと笑う。

「だったら僕は君に優《やさ》しくする。二度とセドリックなど思い出させないようにだ。――当然の戦略じゃないか？」

途端《とたん》に、そわりとした。

「……き、気にしてらっしゃったんですの」

「それはもう。気にしないわけがない」

「で、でもそんなこと、今まで、ひとことも……い、意地が悪いです、今になって」

「それはそうだろう。僕は君を傷つけたセドリックが恐《おそ》れる兄だぞ」

嫌な予感がした。クロードが手のひらを上向けて、両腕《りょううで》を開いてみせる。

「ところで、手品師が手品の種をあかすときは、もうその手品をしないときだ」

「……あ、あの。わたくし、なんのことだか……」

「現実を見よう、アイリーン。君がひっかかった僕は、嫉妬《しっと》もするし好きな女に昔の男を忘れさせるためにはどんな手段も厭《いと》わずやり遂《と》げるただの男だ」

「そ、そういう言い方はずるいです！」

聞いているほうが恥《は》ずかしくなる暴露《ばくろ》だ。しかもてらいもなくそれを手練手管で差し出してくるなんて、なんて卑怯《ひきょう》なのか。

真っ赤になって怒鳴ると、頰に大きな手を当てられた。どこまでも意地の悪い、けれど奥にほの暗い感情を隠したクロードの瞳《ひとみ》があった。

でもクロードは隠しているわけじゃない。見せているのだ。

そう思うと、全身に熱が回った。それは昨夜のことが吹《ふ》き飛ぶような恥ずかしさだった。

両手で顔を隠して悶《もだ》えていると、腰に手を回され、テーブルの下から引きずり出されてしまう。抵抗する力などなかった。

抱《だ》きあげられ運ばれる先がどこかはわかるが、全身がへろへろで力が入らない。

でも精一杯《せいいっぱい》の意地で、言い返す。

「……こ、これ以上、ひっかかったりしませんから」

「それは楽しみだ」

「本気ですから！　本気で」

ぼすんと寝台におろされたせいで、言葉が途切《とぎ》れた。

「僕だって本気だ、アイリーン」

からかいの色のない赤い瞳は、アイリーンが初めて見る男のもの。

口から心臓が飛び出そうになったが、先に唇《くちびる》をふさがれた。かみつくような乱雑さは初めて味わうもので、なのに脅《おび》えより酩酊《めいてい》感がやってくる。それは自分だけという陶酔《とうすい》だ。

この先には、まだアイリーンの知らないクロードがたくさんいる。そこにはアイリーンが知らないアイリーンだっている。今、震《ふる》えているように見せてぞくぞくしているみたいに。

少し怖《こわ》い。でも。

「――どうして笑う？」

だってあなたが可愛くて。などとは言わずに、アイリーンはにっこりと微笑み返す。

さあ、悪役令嬢《れいじょう》がラスボスを飼う手練手管をお見せしよう。

他《ほか》でもない、あなただけに。

◆幸せを積み重ねるとパフェになる◆

「こんなパフェどうやって食べるの!?　っていうかなんでこんなことになってるの!?」

「アイリーン様が勝手についてきたんじゃなーい。こういうのは上から攻略《こうりゃく》よ、上から！」

「あっ待ってくださいリリア様アイリーン様、私が分けます、無理したら崩《くず》れます……！」

「ちょっとレイチェル。あんたそっち側からやって、私こっちから分けるから」

「……これは……六人がかりでも食べられないのでは……？」

「ロクサネさん無理しちゃだめですからね、体調悪くなったら言って――あっやだくずれ」

あーという皆《みな》の声と一緒に、てっぺんにのっていたケーキが転がり落ちる。それを素早《すばや》く皿で受け止めたのはレイチェルだ。

皆がほっと安堵《あんど》すると同時に拍手《はくしゅ》をし、やがてそれは弾《はじ》けるような笑い声に変わった――のが隣の席の話。

「なんって店を貸し切りにしてまでこういうことするんだよ!?」

叫んだアイザックにクロードが首をかしげた。

「だってアイリーンが出かけるなら僕も出かけたいじゃないか」

「お前！　皇帝《こうてい》だよな！　立場!!」

「まったくだ、お前、少し不用心すぎぬか」

そう平然と言い放ったのは、クロードの隣に座った聖王様である。

「いいから分けましょう。聖王様のお好みは柑橘《かんきつ》系の果物でしたよね。どうぞ」

「おお、気が利《き》くな」

「ちょっと待て、キース。どうしてこいつが先なんだ。僕が先のはずだ」

「はいはい、主《あるじ》には苺《いちご》をたくさんあげますから。ベルさんはクリームですよね。あ、アレス様は適当にご自分でやってください」

「あ、はあ……」

優秀《ゆうしゅう》な従者が手早く巨大《きょだい》なパフェを小分けにしていく。アイザックが頭を抱《かか》えるさらに向こうのテーブルでは、もはや小分けなど最初から考えていないオーギュストやウォルトに直接スプーンを差しこまれて、カイルとエレファスが怒り出していた。

「お前ら、崩れるだろうが！　食べ方が汚《きたな》い！」

「そうですよ、何より平等に！　あっメロンがもうない……そんな……」

「エレファス、こういうのは早い者勝ちだって決まってるもんだろー。あれぇ、ゼームスは食べねーの？」

「いらん。お前らの食べ方見てると食欲《しょくよく》が失せ……なぜ食べかけのアイスを今私の皿にのせたんだ、オーギュスト！」

「え、だって食べてみて苦手だなって――いってぇ！　殴《なぐ》ることないだろ！」

結局、ゼームスも自分で手を出したほうがまだましだと思ったのか、猛然《もうぜん》と食べ出す。楽しんでいるようだ、と思ってクロードは隣《となり》のテーブルのアイザックに目を戻《もど》した。

「オーギュストの結婚《けっこん》が決まったお祝いもしたかったし、春にはゼームスも一緒《いっしょ》にミルチェッタに行ってしまうだろう。その前に皆で思い出作りをしたいじゃないか」

「いやそれはわかるけどな。なんでパフェなのかっていう」

「何を言うアイザック・ロンバール！　これは高度な戦略が必要な戦いだ！」

真向かいの席からなぜかえらそうに叫《さけ》んだのは、眼鏡の何かだ。確かレなんとか。セドリックの席に座っているので、名前を覚えようと思わないでもないが、楽器と同じ眼鏡でもいいかと最近思い始めている。

「いいかお前と私の席！　どちらが早くパフェを片づけるか勝負だ！」

「だったら早く食べろレスター、とける。……セドリック、顔が青いが大丈夫《だいじょうぶ》か……？」

「あ、ああマークス……なんとか……リリアはよくこれを平気で……」

「女の胃袋《いぶくろ》はこういうのに関しては別っつーからなーあー水、水で流しこむ！」

「やめなよギルバード、余計気持ち悪くなるから。っていうか気持ち悪くなった……」

やっぱり名前が思い出せない面々に囲まれているセドリックは、それはそれなりに友人がいるのではないか、と思う。

怒鳴《どな》られたアイザックはげんなりしたのか諦《あきら》めたのか、嘆息《たんそく》と一緒に腰《こし》をおろした。その席でせっせと取り分けているのはクォーツとリュックだ。

「はい、ドニは大盛りで。アイザック様も大盛りでいいですよね」

「いいわけねーだろ俺は甘いモン苦手だって知ってるだろ！　やめろクリームべったりのせんな嫌《いや》がらせだろ！」

「オジサンもさすがにこの年でこれはきついかなァ……できれば果物中心に……あ、はいだめなんですね」

「……しかし……これはどうやって作っているんだ……？」

「あーそれ、僕も気になってました！　もはや建築ですよねこのパフェ。両手で抱えられますよ、器《うつわ》」

なんだかんだ楽しんでいるようだ。それにしてもセドリックの席と、結局ゼームスが仕切ることになったらしい席と、アイザックの席。そしててきぱきキースが給仕《きゅうじ》し続ける自分の席にアイリーン達の席。――パフェの攻略具合がそれぞれ違《ちが》って面白《おもしろ》い。

「せっかくの機会だ。交流を深めるためにも、パフェを最初に攻略した席にいる人物の命令をひとつ、一日ですむことで、なんでもきかなければならない、というのはどうだろう」

一瞬《いっしゅん》、店内が静まりかえった。男性陣《じん》など存在していないかのようにはしゃいでいた女性陣まで耳をそばだてている。呑気《のんき》に同意したのは隣の聖王だけだ。

「別にやってもよいが、そんなもの魔力《まりょく》と聖力《せいりょく》の使えるお前と余がいる席の優勝に決まっている。勝負が見えておるではないか」

「そうだな。では魔力と聖力は使わない、ということで。よし、頑張《がんば》ろう」

「いや俺らまだやるって言ってねーけど」

にらみをきかせるアイザックを無視して、クロードは穏《おだ》やかに言う。

「優勝して、全員にスキスキダンスを踊《おど》ってもらうか、別のにするか悩《なや》ましいな」

ぎらりと全員の目が光った。

クロード視点で言えば、その場は大いに盛りあがった。ろくでもない命令に従いたくないという気迫《きはく》に満ちた戦いが繰《く》り広げられた。

アイザックはリュックに下剤《げざい》をしこませようとするわ、食べ終える直前のゼームス達にこっそりレスター達がアイスや果物をのっけるわ、謀略《ぼうりゃく》と裏切りが飛び交《か》うパフェ攻略戦の果てにいた勝者は――。

「おめでとうございます、アイリーン様」

「まあ当然の結果よね」

ふふんと笑うアイリーンに、食べ過ぎで青い顔をしたアイザックがうなる。

「ぜってーアイリーン達は魔王様《まおう》達がなんとかするって思ってたのに……！」

「どうしてだ。可愛《かわい》い妻のお願いごとはかなえてやりたいじゃないか」

平然と頷《うなず》くクロードの隣でやっぱり聖王だけが同意する。

「大体、余達は別にこんなことせんでもいつでも命じられるしな。聖王だし、魔王だし」

「そうだな、他人に命じることにあまり価値を見出《みいだ》せない。むしろ命令されてみたい」

「……俺が政争に負けたのは、ああなれなかったからなんだろうな……」

しみじみとしたセドリックの奥深い発言はさておき、クロードは隣で手を叩《たた》いて勝利を祝っている華《はな》やかな女性陣の席に目を向ける。

「さあ何を命じてくれるのか、僕の皇后陛下？」

ちょっと顔を赤らめたアイリーンは、そうですわねとわざとらしく咳払《せきばら》いをした。そのうしろから異母弟の妻が身を乗り出す。

「はいはーい、スチル回収はどう⁉」

ちょっと何を言っているのか意味がわからない。だがアイリーンがくいついた。

「そういうのはもうやめなさいって言っているでしょう！　どうしてもって言うならセドリック様達だけに」

「もうやったもの！」

「あ、そう……でもそんなことにせっかくのお願いを使うなんて」

「いいの、アイリーン様。魔王様に跪《ひざまず》かれて愛を乞《こ》われるスチルを回収しなくても……？」

「……」

なぜか妻が沈黙《ちんもく》した。勝ち誇《ほこ》ったリリアに、横から呆《あき》れた顔でセレナが口をはさむ。

「そんなどうでもいいの私いらないから。金一封《きんいっぷう》でいいわよ」

「セレナにはそこの生徒会の面々を荷物持ちにして買い物するスチルをおすすめするわ！　も

ちろんおごりで」

「それでいいわ」

「ちょっそれって浮気《うわき》じゃないのかセレナ⁉」

「うるさいわねそこの半魔《はんま》と人間兵器の財布《さいふ》から搾《しぼ》り取るのよ」

冗談《じょうだん》だろ、とウォルト達が頰《ほお》を引きつらせている。

「レイチェルはー残念、モブだもんね婚約者」

「誰《だれ》がモブだ！」

反射で怒鳴り返したアイザックは、レイチェルが目を丸くしたあと、ちょっと嬉《うれ》しそうな顔をしたことに気づいていない。

「あっでもぉFD《ファンディスク》でセレナになんか服選んでもらうシーンあったから、セレナと一緒に生徒会組はべらせるっていうのはどう⁉」

「は、はあ……あの、つまりセレナさんと私が買い物に行くっていう命令をするんですか？」

「いいじゃないなんでも、おごりなら。心配ならこっそりついてくればー？　モブ婚約者」

「だから誰がモブだよ！」

「ロクサネ様とサーラへのおすすめはー」

「バアル様に何か命じるなどわたくしは許しません」

騒《さわ》がしい中、きっぱりと聖王の妻が言い切った。不穏《ふおん》な空気を感じていたらしいバアルが感動したように目を輝《かがや》かせる。

「ロクサネ、お前……さすが余の妻」

「実はバアル様って剣舞《けんぶ》が得意でしょ。あのアレスとの炎《ほのお》の舞台《ぶたい》スチルかっこよかったなー」

「ではそれにしましょう」

「ロクサネ!?　っていうか炎の舞台ってまさかあの剣舞か、すごく面倒《めんどう》な上に暑いやつ！」

「ただ、アレス様はいりません。バアル様だけでいいです」

「えっ私はいります！　入れてください」

「サーラ。あれは練習がいるし、正直、俺もやりたくな――」

「かっこいいだろうなぁ。楽しみにしてるね、アレス！」

夫に向ける神の娘《むすめ》の無邪気《むじゃき》さが、馬鹿《ばか》なだけではなくなってきた気がする。

「じゃあ決まりね！」

「あんたはどうすんの？」

「私は……いいわ。もう回収しちゃったし！」

「……『平民育ちのあなたが聖剣《せいけん》の乙女《おとめ》？　冗談も休み休みになさって』」

突然《とつぜん》のアイリーンの演技っぽい台詞《せりふ》に、クロードは首をかしげた。皆《みな》が、言葉を向けられたリリアでさえぽかんとする中で、アイリーンだけが不敵に笑う。

「『セドリック様は何か勘違《かんちが》いしてらっしゃるのよ。わかったなら道をあけなさい』」

足を組み、小馬鹿《こばか》にしたような、悪役の笑《え》み。

ぱちぱちとまばたいて妻を見ていると、リリアがアイリーンに抱《だ》きついた。突進《とっしん》に等しい勢いに押され、ごんとアイリーンの後頭部が壁《かべ》にぶつかる。

「やだやだやだアイリーン様、そっくり！　大好き！」

「ああそう、よかったわね！　ならもう一度回収してきなさい、セドリック様と、今度はちゃんと」

そうするわと答えるリリアとアイリーンは多分、何か自分の知らないことを共有している。

けれど焦《あせ》りはなかった。ちらと見た異母弟の横顔は、クロードと同じものを感じ取って唇《くちびる》を引き結んでいるからだ。だから大丈夫《だいじょうぶ》だろう。

なぜかセレナとレイチェルの買い物につきあわせられることになった四人も、剣舞の練習をしなければならなくなった聖王とその将軍も、きっと大丈夫に違いない。

さしあたって、クロードのすべきことは。

「あ、あの、クロード様。今のは」

「――ああ、僕は僕のすべてを奪《うば》っていく君が憎《にく》らしくて、狂《くる》うほどに愛《いと》おしい」

妻がどこかへいってしまわないよう、まず跪いて、愛を乞うことだ。

「恋《こい》も愛も心臓も、すべて君に捧《ささ》げよう。だからどうか、僕に君をくれ」

頬を染めてうっとり陶酔《とうすい》していたアイリーンは途中《とちゅう》ではしたないと気づいたのか、はっと我に返る。

それでも最後は幸せそうに微笑《ほほえ》み、魔王を愛で救ってくれるのだ。

あとがき

こんにちは、永瀬《ながせ》さらさと申します。

アイリーンと魔王《まおう》様と愉快《ゆかい》な仲間達の話もこれで七巻目、今回は短編集です。皆様《みなさま》の応援《おうえん》と、置き土産《みやげ》とばかりに企画《きかく》してくださった旧担当様・新担当様のお力添《ちからぞ》えで本にすることができました。少しでも楽しんで頂けたら幸いです。

紫真依《むらさきまい》先生に、可愛《かわい》いミニキャラを添《そ》えた表紙や美麗《びれい》な挿《さ》し絵で彩《いろど》って頂きました。いつも本当に有り難《がと》うございます。最後まで素敵《すてき》なコミカライズを描《えが》いてくださった柚《ゆず》アンコ先生には頭があがりません。他《ほか》にもこの本に携《たずさ》わってくださった方々に心から御礼《おれい》申し上げます。

そして、この本を手に取ってくださった皆様。皆様のおかげでアイリーン達がこの世界に生きております。本当に有り難うございます。引き続きアイリーン達を応援していただけたら嬉《うれ》しいです。

それでは、またお会いできますように。

永瀬さらさ

「悪役令嬢なのでラスボスを飼ってみました7」の感想をお寄せください。
おたよりのあて先
〒102-8177　東京都千代田区富士見2-13-3
株式会社KADOKAWA　角川ビーンズ文庫編集部気付
「永瀬さらさ」先生・「紫　真依」先生
また、編集部へのご意見ご希望は、同じ住所で「ビーンズ文庫編集部」
までお寄せください。

悪役令嬢《あくやくれいじょう》なのでラスボスを飼《か》ってみました7

永瀬《ながせ》さらさ

角川ビーンズ文庫　21978

令和2年1月1日　初版発行
令和4年9月15日　4版発行

発行者――青柳昌行
発　行――株式会社KADOKAWA
〒102-8177　東京都千代田区富士見2-13-3
電話 0570-002-301（ナビダイヤル）
印刷所――株式会社KADOKAWA
製本所――株式会社KADOKAWA
装幀者――micro fish

●お問い合わせ
https://www.kadokawa.co.jp/（「お問い合わせ」へお進みください）
※内容によっては、お答えできない場合があります。
※サポートは日本国内のみとさせていただきます。
※Japanese text only

ISBN978-4-04-108962-0 C0193 定価はカバーに表示してあります。　◆◇◇